蹑景

王嘉会 著

NIEYING

长江出版传媒 湖北科学技术出版社

图书在版编目(CIP)数据

蹑景/王嘉会著. —武汉:湖北科学技术出版社, 2023.12
ISBN 978-7-5706-3182-7

Ⅰ. ①蹑… Ⅱ. ①王… Ⅲ. ①中国文学—当代文学—作品综合集 Ⅳ. ①I217.2

中国国家版本馆 CIP 数据核字(2024)第 059262 号

责任编辑：王小芳

责任校对：陈横宇　　封面设计：曾雅明

出版发行：湖北科学技术出版社

地　　址：武汉市雄楚大街 268 号

（湖北出版文化城 B 座 13-14 层）

电　　话：027-87679468　　邮　　编：430070

印　　刷：湖北新华印务有限公司　　邮　　编：430035

880×1230　1/32　　5.375 印张　　200 千字

2023 年 12 月第 1 版　　2023 年 12 月第 1 次印刷

定　　价：48.00 元

目录

Contents

二、散文 23

三、杂文 87

一、诗　词

咏 吟 兰

不问芳丛谁羞妒，
世外清雅不方物。
桂应恼，梅也俏？
长细叶枝条条络。
鹅黄水蓝瓣瓣颜，
自是牡丹羞愧蕊。

无题·丑年戏作

得欢当作乐，莫悲空怅然。
千杯不足醉，烤羊何谈贵！
自古功名者，当推吕不韦。
行乐一人生，何以避口讳！

夜

轻风舞细柳，淡月湿梅花。
清天满银光，莹满池中蛙。
寂静闲淡走，举手呼晚霞。
星色溶溶夜，细雨湿泥滑。

榷宫箫月

弄乌箫，垂柳暗沾新月。一曲愁清，浪漫箫声，妃闻寂寞。只见皇亲笑，不见娘女苦。想天下，多少心儿寒。

白蔷映月，怎知人间悲凉！倦梳洗，略娇秀，便是浪荡女儿。帝王无情，却有情系新美。妇口婆言，能驳大臣，怎料得，世间便是秋凉萧落家！

白 冻 夜

一行诗楷道尽
多少日来
人事苍沧
两年过去
过眼云烟散
百般思绪
一朝变为寒
点滴台上
点滴台上
又是一年秋

忆 箫 笙

晚来风起撼花铃[1]，点滴榷山亭。
孤雀南飞，更忘流光回转。
梦天涯绕遍，情寄潇湘。
望笙女，斜倚画楼，玉手吹弄。
点点归鸦，缠尽天边红霞。

① 出自纳兰性德《太常引·晚来风起撼花铃》。

菊　花　傲

寒风闹
菊花仍旧枝头俏
寒风闹
一片寒风摧劲草
唯有菊花
单株仍对西风傲
上邪!
他年我若为青帝①
报与桃花一处开②

①② 出自唐朝诗人黄巢《题菊花》。

书 夜 思

此生如梦，奔波不锁。心有感，幻幻如梦绪。望效青莲，酒中仙，挥毫大兴天下，终惜，无才以相仿。又思东坡，射天狼豪情千丈也！只为叹，书情乏。

心思渐乱，缭绪萦线非知物。沙场雁归急，似怕归难。千骑又卷黄烟土，吾虽女子非英物。龙泉剑，太阿刀，一柄挥斥天下！只怕奈，终不我等归霞。

似舞似文，似诗似剑，似才似兵，吾不得！人世沧茫，但且行乐修为，戏自称墨，不忧不妒，哪时，一樽还酹江月。

酒　　黎

月冷星稀风轻舞，与君谈玄少繁芜。
灯花焦炙酒斟尽，故人长坐不忍离。

晨　　曦

天高云雾淡，和暖日高悬。
沓沓步声齐，猎猎红旗展。
奋发小少年，红旗杆下站。
高远如松鹤，洁然似青莲。
与袍不相欺，与师不自满。
学问勤中得，争做好少年。
小荷才露角，心怀家与国。
会当凌绝顶，克服千万难。

祖国花朵永向阳

江流阔　山河广
鱼米蔬果满当当
微风过　书声扬
红旗飘飘柳叶长
小朋友　真努力
立志成才为栋梁
爱父母　敬长辈
弘扬美德我最棒
修铁路　建桥梁
五湖四海相依望
爱祖国　爱人民
中华儿女当自强

随 笔 漫 游

我轻轻拂过纸页
走进诗词的王园
这里会有太多的无奈
辛劳和苦
也有诗人体恤百姓的温情
鸟语花香
河流徜徉
珠光宝气
繁华热闹
或
凋春谢秋
败土沧田
朱阁剥落
冷清破败

有转朱阁低绮户的思乡明月
有可怜白发生的无奈
有大鹏一日同风起的剑士李白
潇洒归去的背影之后
的一颗
始终孤寂的心
有道男儿到死心如铁的辛弃疾
那壮志凌云的
满腔热血

也有儿童急走追黄蝶
的生活情趣
和云鬟花颜金步摇
的身姿倩影

诗词，让我生活在一个诗意的时代

菩萨蛮　望月怀旧

丑年 4 月 9 日，戏清影，歌帘前，忽平心静坐，望月，作此篇。

玉楼明月长思忆
断续箫风断续寒
冰星点点烁
光冷照鸣蝉

忆忆如蚕麻
遥想少儿年
感叹沧田世
年年依旧景
但问微一笑

西江月　意难平

问讯台上英绩?
喜千金还复来
青云载我游黄山
无比书中柳月

世路如今已惯
此心安处吾乡
黄金屋中颜如玉
不悔人世一约

夏 别 秋

风铃轻响
脆银银
叶迎接风
哗啦啦
湖波荡漾
杨柳拂动
只是风内
多了些
寒

涂　　鸦

我有一颗心
它很赤热
我有一个头脑
它很冷静
我有一个身体
它很文弱
我有一个健全的自己
我和她都独一无二

清　明

坐在清凉的树荫
看看天色未晓　水波还银
没有淡淡的愁绪
只有淡淡的清香
丝丝杨花缕
落在兰韵的头上
望望女伴的琴房
还未传出清丽琴音
知否　知否
清明有味是欣然
绮丽的字眼
并不低俗痛尚
与云雾携手
漫步在区房之上

清明

清凉仍是树荫

二、散　　文

有你，真好

花儿因为有了雨水的滋润而更加美丽，小草因为有了阳光的照射而更加蓬勃，生命，因为有了朋友的存在而更加绚丽！朋友，因为有了你，我的人生才更加精彩！

你充满活力、品学兼优。与其他的女孩子不同，你留着一头干练的短发，喜欢戴着一个红色的发夹，总是穿着一身清爽的防风服。你喜欢运动，浑身散发出的健康与元气，常常使我自叹不如。

我很喜欢羽毛球，球技已是略通一二，这多亏了你。记得一次平常的锻炼，你拿着羽毛球拍，娴熟地左右颠球。你手中的球拍轻敏地翻动着，羽毛球像小精灵一样，跟着你的球拍上下飞舞，在夜晚中，你的身影和白白的羽毛球，形成了一抹亮色。看着一边跃跃欲试的我，你笑了笑，给了我一个球拍："把球抛起来，用球拍在它下落的时候向上挑起，如果听到清脆的声音，就说明你的球颠得很成功。"我看着你黑色的瞳孔中，闪烁的尽是真诚与信任的光芒。"我可是在运动方面一点天赋都没有的人，要想学会肯定很难吧！"我拿起球拍，对着下落的羽毛球用力挑去，可是明明就在羽毛球下方的球拍像是一刹那失灵，球无力地摔到了地上。我又重复了几次，情况时好时坏，在你手中可以让羽毛球肆意飞舞的球拍，到我手里怎么就失灵了？你看出我的落寞："初学者没有经验不是很正常的吗？多练几次就能学会，其实并不难。"你陪着我练了几个小时，我果然已经可以熟练地驾驭颠球的功夫了。想到因你我又多了一项技能，真不禁令人心道——"有你，真好！"

你不仅是个运动健将，如我所见，你还是一个细致且有极强求知欲的学生。你酷爱数学这个学科，不管是多难的题，当旁人都失去耐心的时候，只有你似乎遗忘众生，沉浸在了数学的空间里。暑假，我带着试卷来到你家，我本是醉翁之意不在酒，一直在跟你聊天，你无意中瞥见了试卷最后的附加题，烧脑的逻辑立即吸引了你，你立刻对着那道题思考起来。看着你草稿纸上密密麻麻的公式和草稿，我暗自思忖："这题真是让人头疼，要不然别研究了吧，这得想到什么时候啊？"你没有放弃，拿着笔的手依旧在草稿纸上不停地挥动着，时间就这么一分一秒地流逝了，我早就看得失去了耐心，劝你不想了，反正又不写。你微微一笑："没事，我觉得即使不写，想想也是不无小补，这道题真的很有趣，要用到很多我还没有接触到的公式呢！"你对数学是不带其他目的的纯粹的热爱，也是从那个时候，你让我第一次明白，人不是为了应付考试而学习，更重要的是，要有热爱之学，热爱之物。有了一颗热爱之心，旁人觉得困难的事情，全都迎刃而解，相反，还会得到无比的快乐啊！

你既健康向上，又品学兼优，对数学也有一种锲而不舍之心。你教我学技能，更让我领悟至理。有你，真好！

时　　钟

——致小舟姐姐

时钟是衡量时间的工具，它记录着时间。但本篇并不是要讲这个。这个时钟是天地间最公正，也是最神圣的东西，可以这么说吗？它无限宏大，难以度量和评价，但它又是无限渺小的，只是时钟而已，甚至如果站在“道”上来看，时间、宇宙、时钟这些看上去无限宏大和复杂的东西，都太庸俗和渺小了。我曾经浏览过一篇文章，作者说在沙漏和时间这种神圣的东西前，他连叹息都不配。以前我认为他的观点很超前，现在我感到他并没有像结尾说的参透了沙漏，他要是把《庄子传》中提到的一些浅显的关于“道”的部分仔细读一遍，就会发现他个人发出的咏叹真的很想当然。因为时钟、沙漏这些只是时间的意象，它本身有温度吗？没有！时钟可以用来类比世界上任何一个东西，这些都很不值得一提，因为到目前为止，连宇宙我们都不能确定它是不是永恒的。可以说，永恒的东西几乎没有，因此一切都是渺茫的。连老子的思想，在终极的文明上也只是冰山一角。文明有更高等的，但是人类更有高度的文明，需要我们去创造！因此人类在本身亿万年的进化之前是不可能窥探到高级文明的缩影的，因为它都没被创造出来。我是这么想的，高级文明到底是什么样，我们也无从揣测，只有等到很久之后，才有可能。

2022 年的最后一天

现在是 2022 年的最后一天的晚上 8 点钟。

今天我栽下了 8 盆小植物，想想跟新的一年到来后万物新生、蓬勃竞发的景象是多么相似。种下的生灵是植物，不仅如此，还寄托着新一年的希望。这一年，又将成为黄历上被翻过的一页，将永远消失在时间的长河里，不复踪迹。过去的一年有苦有乐，每个人的生活都有自己的精彩与哀伤。过去的一年里，我照例举办了生日派对，不过总归是下弦不似初弦好，如今想想纳兰的话真没说错。想必几百年前的今天，纳兰也同样怀着满腹的感慨，和卢氏一起，站在露台上凭栏远眺，在新年绚烂的爆竹中相对而笑吧。数百年后的我，或许欠缺一点诗意，不过生活不一定非得是诗，有些柴米油盐，也并不讨厌。

就拿我如今的情况来说吧，我和姐姐被爸爸送到了老家的这个宅子里。过去每年过年和暑假的时候我们都会照例来到这里，住上三五天，开开心心地放纵一把。以往的几年在这里都比较愉悦，但是我对这里一直没有一个确切的印象。今年暑假来的时候，我还因为在空调底下吹了一晚上的风而感冒了。当时我的心情很不好，甚至觉得让我难以忍受。直到现在我终于知道，那不是环境的问题，是我自已矫情，过于娇气了。为了我们的到来，舅舅在门口和一楼室内安装了摄像头，庭院里也有一个，刚来的时候每天爸妈都会在摄像头里和我们喊几嗓子，那个时候我没有感觉，只是当作每天固定的交流而已。如今将到跨年之时，我首先想到的就是这段经历。刚来的几天身上还遗留着从襄阳带来的慵懒劲儿，这里都是一些陌生的村民，况且爸爸离开之后，我又没办法像以前那样每天跟同学联系或聊天，说实话，离开了可以和同学联系的 QQ，真的很令我心凉。那个时候觉得自己真的好倒霉，怎么会这样？前几天，姐姐的论文还没有催交，我没有一种自己需要独立起来的感觉，姐姐每天承担着做饭、洗碗等诸多以前是妈妈做的事情，并且还要从这个老旧、低配、完全不符合时代气息的老屋子里找一些“物资”，比方说一次性碗，这可是个好东西，虽然在城市里简直再普通不过，但是在这里它可以减少我们洗碗的次数。怎么样？是不是个好东西？这里一般来讲只有我的阿婆待的时间比较长，但是她大部分时间也是在县城的房子里度过。这里的碗都是很久没有洗了，上面有厚厚的陈年老灰和一些不明污垢。把这些碗打理干净都需要很多的精力，还有勺子、筷子、厨具、砧板……数不胜数的东西需要整理、打扫，我感觉这里好像已经与世隔绝了。以前在家的时候，我认为自己算是很勤俭并且不怎么依赖爸妈操持家务的人了，结果到了这里来我才知道自己的想法有多可笑。

第一天早上我起来的时候感觉有种不动声色的阴

冷正在悄悄地潜入我的身体，我在流鼻涕！姐姐拿出了一些家居服，都是很厚的。我脱掉身上的衣服，穿上暖和的家居服之后，才知道我之前的衣服简直就不能够称之为衣服，都是一些空壳子一样的东西啊！一件粉色的大舅妈的家居服，现在我就穿着它在这里打字，这件衣服从刚来的时候穿到现在。后来几天姐姐需要开始忙她的论文了，于是她就把洗碗、收桌子等很多打杂的事情交给了我，虽然这是我应该做的，但是姐姐看出了我的小心思，给我制定了一个奖惩制度：做不同的事情可以获得不同的自由上网时长，这些时间可以在当天花掉用来上网，也可以攒起来在周末看电影。苦尽甘来主义者的我，显然选的是后者，仅仅攒了一个星期，我就可以看一部电影了。这就是工分制。在工分制的鼓励下，我对刷碗、洗锅、收桌子、洗洗碗布等事情已经娴熟了起来，现在我可以骄傲地称自己为少年刷碗工中的老手！哈哈！现在的我呢，感觉自己已经好久没有感受过城市里先进的生活了，很多在城市里理所当然的事情在这里都需要很多努力。我不是说我是个“网瘾少年”，觉得这儿的网不好，恰恰相反，我们这个宅子安了两个无线路由器，特别流畅，即使在楼上，连接楼下的网都不会卡！刚开始时，我会找一些恐怖小说来看，不过那些都是网文，没有什么深度。后来姐姐给我推荐了很多部优秀的小说，《长安十二时辰》《人点烛，鬼吹灯》《长安客》等，为了保护我的眼睛，姐姐还花了一些时间帮我在妈妈的旧手机上（这次随身带来以防有不时之需）安装了听书神器“喜马拉雅”，我现在在听《长安十二时辰》。长安的毁灭，就定在上元灯会之时，拯救长安的唯一希望，都在一个死囚和短短的十二个时辰里……这部书精彩得很，不过应该也是架空，我之前颇为喜爱的《新宋》也是架空，这类的书看多了，就会对历史十分熟悉，《新宋》讲的和《长安十二时辰》并不相同，朝代也不一样，不过它们都有一个贯穿始终的线索——兴衰更替！这在我所看到的一些历史架空小说中都是一直存在并且非常明显的。《新宋》里的兴衰更替尽管跌宕起伏，不过倒没有那么使人压抑。要是平心而论的话，我还是认为马伯庸先生所写的《长安十二时辰》中对兴衰更替的刻画比较生动真实。这里所写的靖安司在追查狼卫时所遇到的一系列事件，真是看的我心中凛然。每天的听书都是一个能让我穿越到大唐的时间和媒介，通过主播绘声绘色的朗读，一幅精彩绝伦的画像在我眼前徐徐展开……

说完了最近的一些经历和感触，我得抓紧时间快速地把一年中发生的主要事情写下来。

开年的时候和欢欢一起玩雪。这是普通的事情就不多说，一笔带过。这一年最激情和快意的事情都在暑假那段时间，夏天总是一个活力的季节嘛。暑假之前的那次考试，真是让我印象万分深刻，想起我听到最后一阵宣布考试结束的铃声之后，心中说不出是紧张还是激动，木然地揉揉已经看花的眼睛，看着最后一排的同学收走我手中的试卷，有一种迷离之感。回过神来，我身上的疲惫一扫而光，牵起闺蜜的手走出考场，阳光不大不小，照在我们的身上，我心中默默念道，属于我的夏日就此展开！那天是小松的生日会，他带我们一群人去吃饭。吃饭前的无聊都成了点缀，欢喜被贴在我们每个人的脸上。等饭的时候我和小麦去买了一瓶元气森林，连平常钱少苦涩的小麦这次都很大方，显然大家都被考试结束的喜悦给带的心情极好！喝着饮料，我和小麦走在街道上，提议用这点空闲时间去玩一会银河文化创意园里的 VR（虚拟与现实技术）。可惜我们去的时候发现那里的 VR 机被搬走了，不过这没什么，暑假来了，这才是正理！后来吃饭的时候，“解语花”橙橙开始夸起我们在座的这几个优等生来：“语文第一在这儿。”她指了指我。当时我的心中一咯噔，心道你干嘛这样说话，别人听了说不定觉得我骄傲自大呢（不过后来这句话得到了一个很好的应验，我知道这既有努力，也有运气）。她又开始夸欢欢、小麦等一干“学霸”，当时我觉得自己像个仓促闯进凡尔赛宫的冒牌货。这是一件开心事，我拎出来在这里重点说。后来的事情我觉得不必再写下去了，至少这种兴奋只要留在心里最好，写在纸上反而失去原本的意味。

…………

新的一年即将到来，我不想再多说什么激情的话，只想今天好好睡一觉（熬到十二点后），明天起来洗个澡换套新衣服，然后踏踏实实地过好在这里的每一天，不摸鱼，不溜号，高效完成每一天的作业，最后等爸妈来把我接回襄阳——“忍耐，待我变至金黄”。

那一次，我成长了

成长中的百态与百味，有喜有悲，阴晴不定。但正是这些丰富的滋味，才让我们的成长更加精彩和深刻。时光倒退到一年前，那时候的我还不够勇敢，好在最后我还是克服了困难，翻越了精神的峻岭……

记得那是一天傍晚，上完课来到校门口时，归心似箭的我被一阵大雨淋得晕头转向，周围人潮汹涌，一张张寻找孩子的焦急脸庞掠过眼前，却没有一张是我的父母。

随着电话铃声短促地一响，妈妈接了电话。

“妈妈！我没带伞！你什么时候下班啊？”

“哎呀，今天单位有事，我要加班，这会儿回不来。”

挂断电话走出校门，天色更加昏沉，我的怀里像揣了只兔子，心脏怦怦直跳。在这座城市里，除了父母，我没有任何亲人。停下吧，这是不可能的；可是一个人回家，还冒着雨，我属实胆怯不已。

怎么办？

我犹豫起来。还是回去吧！我不能待在原地，这样是无济于事的啊！我慢吞吞地挪动着步子，心中还残存着一丝侥幸，妈妈说不定会提早回来呢？这样想着我发了个消息，满怀希望地等着妈妈告诉我她已经在路上了，让我在某某地方等她。但是盼来的只有令人失望的消息，我非自己回去不可了。

我努力地从脑子里搜刮出一些名言来鼓励自己，终于想到了康拉德的“表现勇敢则勇气来，往后退缩则恐惧来”，我难道要往后退缩而让自己的恐惧变得更多吗？不行，不管我再怎么害怕，我也只有迈出第一步才行。如果裹足不前，我恐怕都回不了家了。

我小声地自言自语：“没事的，没事的……跑快一点赶紧回去，下次再也不这么粗心了……”我撒开步子狂奔起来，边跑边想：我就跑回去吧，看来也没什么好怕的，我可以的，我能行！

跑到十字路口时，我看到来来往往的车在微雨中闪着红色的车灯，像是一个个灯笼将夜幕划得通明，这一簇簇赤红的火苗，也将我的心烘暖了。

通过这件事情，我深刻地领会到了勇气和决心的重要。自那之后的一年里，我还走过不少次夜路，但是再也没有像那天那样惊慌失措过了，更多的是昂首挺胸着的大步流星。

别让唯一的美景变成胶片

走进巍峨的高山，可以看瀑布飞溅，领略千峰万仞的壮观；走到浩渺的江河，可以看水浪翻滚，波光粼粼，“半江瑟瑟半江红”；走进静谧的森林，可以看树木高耸入云，松柏修长的身躯孤直，而蜿蜒的树藤遒劲；红杉的赤色亮得能让人脸颊发红，红杉果隐匿在叶间。

不知何时，自然鬼斧神工的美景渐渐消失，一些人随意破坏自然的生态。如今置身山中，却不能体会“人闲桂花落，夜静春山空”的自由与闲逸；面对江河，却不能再看见曹操眼中壮观的水流清澈，洪波涌起；漫步河堤，却不能重新感受到花迷人眼、草没马蹄的野趣。

环境破坏后的苦果最终将由人类自己吞下。

人类正面临着全球气候变暖、垃圾处理不当、生物多样性减少等严峻的挑战。气候变暖导致冰川融化、海平面上升，部分海岛国家将被愤怒的大海永远吞噬；热带流行的疟疾和寄生虫病向北蔓延，使危险的流行病曾在欧洲肆意传播；旱季，大地裂开，植物和可供人类食用的稻谷干涸枯死。垃圾处理不当导致一些城市出现“垃圾围城”的现象。生物多样性减少，会导致生态平衡打破，某些物种会急剧减少或猛然增多，导致与之有关的物种数量减少。就像黑尾鹿和美洲狮的故事，由于人们只保护黑尾鹿，却让人任意捕杀美洲狮，因此，虽然黑尾鹿的数量骤然变多，可生态平衡也被打破，失去环境适应力的黑尾鹿险些濒临灭绝……这些问题都亟待人类解决。

那么我们应当如何保护环境呢？其实在日常生活中，我们就能为保护环境贡献力量。例如，多坐公交车，低碳出行；少用一次性用品，减少白色污染；随手关上水龙头，避免水资源浪费；不在野外抛弃垃圾，避免污染土壤……这些举动虽然微小，但它们对于环境保护都有不可小视的作用。

让我们每个人都担负起保护环境的责任，不要让地球上唯一的美景变成胶片。

小 桥 闲 议

天边是一抹抹欢愉的暖云，我和橙橙走在桥上，随着池中的涟漪一起飘荡。

年少时的话题总是浪漫又不着边际，这次我和她闲谈的是偶像。她说，她发现有些《哈利·波特》中的以前特别喜欢的角色的扮演者都长“崩”了，感觉真的有点不知滋味，似乎心中那个美好的形象渐渐黯淡下去了似的。我听了一笑，其实这也是我想过的事情，这种问题牵扯的不仅仅是偶像，更意味着心中那种崇拜的精神有了衰减。虽然我从来没有对德拉科·马尔福的扮演者感到这种窘迫，但是，我有必要在这个问题上给橙橙说说我自己的想法。我理了理思绪：

“是的，偶像长崩了的情况还是有的。但是在我们生活的星空当中他们作为一道流星划过而留下的光芒是非常璀璨的，虽然偶像现在是长崩了，但是我们永远会记得他（她）最美好的样子，那个样子会永远留在我们心中不会褪色，看到他这种美好的形象时我们心中那种欣欣然的意味也不会轻易消失，会长久地存在我们心中，作为永远可以拿出来回忆的底片。”橙橙点点头，当然，我们都会把心中最美好的那个偶像珍藏起来。那一刻带给我们心灵上的感动与震撼，都会在我们的心里留下一道玫瑰色的痕迹。一刚开始我只是喜欢斯莱特林学院，但我对该院的“院草”——德拉科·马尔福真是一点都不感兴趣，直到有一天欢欢说道：“其实马尔福如果一直用后期的发型的话还挺帅的，你可以去看看。”为了给她一个好交代，我还是上网看了看，结果瞬间就被德拉科桀骜不驯的性格俘获了，那高挑的身材和叛逆的眼神真是令人难以抗拒，后来很长时间，我几乎句句不离德拉科。就像是一片白色的云忽然走到了一片仙境，再度归来时绝对有了不同的感受。

很多美好的事情都是如此，并不是要美好得有多长，只要有一瞬间的美好，而那恰好就被你欣赏到极致，那就会成为长久的存在。当你再次回首自己还没有这个偶像的时候，你不禁会感叹，差点就错过了这么美好的事物。所有的东西都是如此，毕竟人总是会记着那个美好的样子，而不会盯着瑕疵耿耿于怀，对于偶像更是如此，那就不必有什么顾虑。

流水如心境，千般是你顾盼流连。

布衣玉镯

前几日去买肉，母亲忙着和老板闲谈，我站在一边无所事事。老板头上头发只留下头顶中间部分，其他一律剃了，中间的那一束头发扎成一个马尾，短短的，放在脑后，用一个电话线般的皮筋草草扎住，显然有些模仿艺术者的发型。本来我不以为奇，谁知细听那声音，竟像是个女的，仔细打量打量，也果然是女相。我不由惊了，对着女子豪爽的作风叹服不已。虽然襄阳这地儿千奇百怪，令人捉摸不透，但像这女子如此打扮倒也是少有，不由心下里暗自惊疑。我更加仔细观察这女子。她剁肉时，把手按在肉的一边，另一只手拿着一把许是很久未磨的剁肉刀用力剁。每次剁前，她先仔细看看要剁哪一块儿，然后高抬右臂，砰一下把刀锋砸进肉里，顿时肉便成几块。我看她的手臂虽不粗，但却筋络突出，显然是经常剁肉用力的结果。原本我想她没什么好看的了，突然我的眼光扫过她手腕上的一道绿意——一个翡翠镯子！顿时，我诧异了！一看，右手还有一道银光，没错儿，银镯！我看着玉镯和银镯在她的手腕上随着动作偶尔晃晃荡荡，惊讶极了。我倒不是觉得这人有玉镯很奇怪，只是，在我的印象中，她们虽说不是邋遢，但是对这些装饰之物从来都是不上心的，并不喜欢戴着这些点睛之笔的东西，甚至戴一个戒指的都未曾看见。如今这个女子剁肉戴着俩镯儿，我想当然不如不戴方便，且他们这一行就从没讲究过这些，这个女子我便不知是什么性情了。

回家的路上，我不断揣摩这女子的心意。我想，这也许不仅是她的爱美或是别的什么性情，单是这样我就觉得憾然。每个人都可以将生活过得有滋有味，面馆里的厨娘，坐在苍蝇飞舞的馆子里，看着手机上播放的短视频，每天做做活儿，揽几个客，再可有可无地做些零碎事情，有了闲暇，就到四处逛逛，她们把自己打扮得尽量精致。

老子曰，故知足之足，恒足矣。布衣玉镯、知足常乐，也许这就是寻常百姓的自在淡然吧！

心　　愿

司马迁的心愿是出人头地，“不飞则已，一飞冲天。不鸣则已，一鸣惊人”。李贺的心愿是征战疆场，“男儿何不带吴钩，收取关山五十州”。范仲淹的心愿是天下太平，“先天下之忧而忧，后天下之乐而乐”。

心愿是一把剑，刺破古往今来多少伟人前进路上的黑暗。在我心中，也有一把磨砺多时的剑……

我语文学得不错，经常得到父母的夸奖，我的心愿就是当个作家。刚开始我的作文写得平平无奇，虽然规整却无新意。父亲为了锻炼我的写作能力，为我报名过写作比赛。这些比赛难度不是很大，我写起来也还算顺畅。

有一次，父亲又给我报名了作文大赛。全国群英荟萃，我有幸进入了角逐之列，然而当比赛真正开始时我才有些慌乱。赛间，我坐在电脑前，一动不动，长恨“书到用时方恨少”。提交的选手已很多，而我的文章还没有落成。我的手由于长时间趴在键盘上，酸痛不已。“罢了，我就是交了也没那么幸运获奖，不写了！”我疲惫地说着。汗珠已经打湿了我的碎发，眼睛因长时间的注视而昏花。

要放弃吗？你怎么能退缩呢？以前的豪言壮语，都随着话音消散无踪了吗？可若要力压群雄脱颖而出简直难如登天！

不试试，怎知难如登天？

父亲在一边定是看出了我犹豫不决的心理，微微一笑：“作文的产生是表露真实的情感，而不是修辞方式与华丽辞藻的堆砌。作文最重要的就是行文的流畅与自然。当然重要的还有笔耕不缀的耐心。”

父亲的话，使我浑身一震。最终，我坚定了自己不放弃的决心。“哒哒哒”的敲字声再次响起。我全神贯注地盯着屏幕，一字一句在我的手指下流淌出来。敲好最后两个字，我长舒了一口气。

这件事情后，我的心中种下了一颗种子——成为一名作家。它在我的心中不断生根发芽、壮大。当然我也知道，实现这个梦想需要很多努力，不仅仅是学术上的困难，还有很多未知的障碍。著名作家余秋雨曾经走遍世间所有古文明，一路上道阻重重，经过伊拉克时，甚至差点遭遇生命危险。作家不是一个闭门造车、坐在宽敞的书房里就能拥有好成果的职业，想达到文学和哲学的双重顶峰，还要经历常人所不能想象之困难，方有可能成功。历经风霜洗礼，才能落成荣耀。心愿，就像天空中若焰火般明亮的星辰，只有足够努力，才能爬上天空，把它摘进袖中。

家乡的清明

家乡的清明是特别的。其他的节日都代表着糖果与欢笑，只有它，给人们的印象大多是清冷。

不过清明节也不全都令人灰心，像节日里市面上黄粉绿的青团，给人一种清爽的喜悦。

通常到这天，父亲将带全家回爷爷家。召集了伯父伯母们，去店里买祭品。大家都挑得认真。父亲用指肚去刮纸钱的侧面，看是否有毛边。母亲作为儿媳更加认真，把火机放到一起比，边摆弄边喃喃自语，“这个火小了”“手感怎么这么不好”“这个不防风”。好容易挑好了才装进袋子里。要买的有成沓的黄纸、礼炮、线香、烧酒等。买完，就进山。

首先，要去“风水树”烧香。或许大部分人清明都只祭拜祖宗，但我家要拜的，还有这棵“风水树”。到了树下，大人们张罗祭品，父亲立在一边。我问：“这是棵老树了吧？”爷爷点点头：“嗯，民国就有了，那时候我们村劳动力严重缺乏，耕地却不旱，也没有流沙，后来发现是这棵树根深，稳住了水土，才保了我们村子一直平安。后来渐渐地，就成风水树了。”我心里一跳，有点儿惊诧。在当今钢筋水泥组成城市森林的时代，一棵树造福一个村子，太难得了。

大人们已经摆好了祭品。大伯父在树边，找到一块空地。他把手里的纸钱，分成一叠一叠的，然后，边烧边嘴里念念有词。所有人，一齐地低头，一言不发。魁梧的老树下，站着一排敬畏的后代。

它那八人才可合抱的树干，此时就威严地立于眼前。树干很黑，一扭一扭的枝干盘错着，显得极遒劲。苍翠的叶舒展着，密密匝匝。

这么静默了几分钟，伯父、伯母陆续抬起头来，双手合十，念着保佑全家顺顺利利、平平安安的话，孩子们则不作声，抬头仰视着大树。纸钱堆上火舌跳动，大树的裂纹被照得极清楚，如造世主般的目光从所有的后代脸上扫过，仿佛是问：“你们来了吗？你们是第几代的后世俊杰？”

火光渐暗，辞别此处，就去祖宗祠堂。在祠堂里也是像在树下一样祭拜，不过还把牌位都擦一擦。说辞也从祈福变成报告，报告一年里的大事。我看着一个个灵位，心里真不知说什么好。这也曾经是一条条鲜活的生命，现在，只能在祠堂里寂静地坐着，一年，也就只有清明和新年会有一群群后代来祭拜，其他的时候，这里肯定也是说不出的冷清。

离开祠堂，到了墓前，父辈们拿着锄头，站在墓的两侧，小心翼翼地除掉爬在墓上的杂草。我看见墓的上方有一棵很大的杂草，想直接用手拔下来，正准备蹿上去，母亲一把拉住我，脸上有隐隐的恼怒：“墓头不能踩，这个草最好要留着的，人只能在两边看，不得惊扰祖宗。”我连连后退，叉手侍立，不敢言语。母亲的脸色才由阴转晴。墓上渐渐光洁了，父亲笑着说：

“把墓碑擦干净，待会儿许个愿吧！”我不知如何是好，擦墓碑？我手足无措。堂姐像是早有准备，掏出一团干布放在我手里：“就用这个擦。”

擦干净墓碑，摆好供品——腊鱼腊肉和时令水果。点上三炷香，继续低头。我低声问堂姐：“祖宗呢？又没有从墓里出来。”堂姐微微皱眉，思考了一下：“你懂啥？死人从墓里出来，不就是僵尸了？老祖宗怎么能是僵尸呢？他们或许是灵魂，在我们周围飘荡，但是看不见。”我觉得有理，点点头。一想到某个老祖宗可能正打量我，我立马站直了身板，极力显得严肃。

不多时，祭拜结束。大家又开车出山，墓、祠堂、风水树都在我的视野里越来越远。重新回到村里，互相点头告别，就算是整个祭祀活动的尾声。由于我家清明向来是没有请祖宗回家吃饭的惯例的（因这一项只有除夕才有），清明的大部分活动，也就在这时候落幕了。

杜鹃似我心

回想起隔离在家的这段日子，脑海里的印象只有冬日里凛冽刺骨的寒风、电视上不断滚动刷新的新冠肺炎疫情新闻、从窗户向外望去空无一人的街道、爸爸下班回家时紧锁的眉头……我不禁感到十分沮丧。而刚刚过去的寒潮似乎洗刷了盘绕人们心头已久的阴霾，所有人都因这难得的晴日而心情好了几分。妈妈让我将室内的两盆杜鹃花搬到阳台上去晒晒并浇点水，我便十分乐意地去了。

这两盆杜鹃花买来已经有很久了，但是我从未仔细地观察过它们，在这灿烂的阳光下，我才发现原来杜鹃花这么好看。它的根部是褐色的，上面有一些细小的斑点，往上看还有深绿色的茎和叶，叶子上有许多密密的棕色茸毛。最顶上的红色花朵团团锦簇，以十分饱满而热情的姿态盛放着，开出了一种生命似火的感觉，我被深深地震撼了。

即使现在是寒冷的冬天，没有充足的阳光和雨露，但杜鹃花并没有被打败，反而坚强地向外界释放着生命的信号，盛开在翠绿的青叶之中。是啊，这不就像我们面对病毒却毫不畏惧迎难而上的中国人吗？也许在疾病面前，一切都显得渺小无力，但没有人放弃，所有人都以自己的方式在坚持着。人心齐，泰山移，只要有着不屈的斗志、坚强的品格、顽强的意志，我坚信我们一定能够战胜病毒，开出属于生命的胜利之花。

认真学党史，永远跟党走

——在国旗下的讲话

今天我在国旗下讲话的题目是《认真学党史，永远跟党走》。

1920年11月23日，陈独秀主持起草《中国共产党宣言》，明确了党的指导思想和共产主义的理想及奋斗目标。1931年11月，中华苏维埃第一次全国代表大会在江西瑞金举行，建立了中国历史上第一个全局性的工农民主政权。2021年是建党100周年，学习党史，让我明白了自己不曾明白或认识模糊的东西，一本党史看下来心潮澎湃，忘不了革命先辈在硝烟中前仆后继，忘不了无数英雄为祖国解放事业奋不顾身。以前的苦难，以前的悲怆，让人难忘，今天的成就，今天的伟业，让人自豪，让我更加认识到党的伟大。

中国共产党从嘉兴南湖的一条小船上起航，带领全国人民从站起来、富起来到强起来。100年来，中国共产党带领人民，铸就了实现中华民族伟大复兴的里程碑，这就是建立中国共产党，成立中华人民共和国，推进改革开放和中国特色社会主义事业，推动中国特色社会主义进入新时代，中国共产党领导人民与时俱进，开拓进取，让中华大地不断创造奇迹！让世界惊叹中华巨变！

新时代，我们生活在一个安定团结、文明幸福的国家里，是因为有中国共产党的领导，是因为有无数革命先辈的牺牲付出，是因为有可爱可敬的英雄替我们负重前行。

新时代，我们正走在国家富强、民族振兴、人民幸福的复兴之路上，作为新时代的少先队员、祖国未来的建设者，我们要只争朝夕，学好本领，坚定不移跟党走，踏着党的足迹，紧跟党的步伐，追逐明天的太阳，撑起未来的天空！

我的演讲完毕。谢谢大家！

文明礼仪常伴心中

今天我演讲的主题是《文明礼仪常伴心中》。

子曰:“不学礼,无以立。”中国自古以来就是礼仪之邦,文明礼仪,就在我们的一举一动中。作为一名小学生,我们应当如何遵守文明礼仪呢?

首先,我们要做到心中有文明礼仪。文明礼仪不是口号,而是存在于我们心中的意识和信念。我们要知道文明和不文明的界限,心中要以遵守文明礼仪为荣,不讲文明礼仪为耻。歌德说过,一个人的礼貌,就是一面照出他的肖像的镜子。所以我们要把文明礼仪常记心中。

其次,我们要把文明礼仪体现在日常的点点滴滴上。见到老师敬个礼，见到同学问个好。家中来客热情待，长辈讲话不插嘴。花儿用美丽装扮世界，我们用行动美化校园。在学校里，珍惜老师的辛勤劳动，常存感恩之心；同学之间，友善相处，互帮互助，举止文明，不说脏话，一起为班级做贡献；尊重长辈，孝敬父母；公共场合，爱护公物，不大声喧哗，不随地吐痰；遵守交通规则，不闯红灯，不横穿马路，向需要帮助的人伸出援手。

最后，我要号召同学们心中长存文明之念，行为常守文明准则，争做文明人，常浇文明花，共建文明校，共创文明城！

垃圾分类，你我皆有责任

当今社会飞速发展、生活水平提升的同时，各种环境问题也接踵而来。其中比较明显的就是垃圾过多难以清理的问题。如果没有有效的处理措施，十几年后就会出现“垃圾围城”的情况。垃圾主要分为哪几类？垃圾分类主要的困难在哪里？垃圾分类再丢弃的可行性如何保证？这是让人警醒的问题。

垃圾可分为厨余垃圾、有害垃圾、可回收垃圾和其他垃圾。厨余垃圾主要由做饭时产生的过期、剩余食材组成，也包含果皮、剩饭剩菜、枯萎的花瓣等。有害垃圾则包括废电池、药品、荧光灯管、油漆桶、水银温度计、部分家电等。这些垃圾含有对人体健康有害的重金属或潜在影响环境的废弃物。可回收垃圾则是由废纸、塑料、玻璃、易拉罐、罐头盒等组成。可回收垃圾容易“变废为宝”，是“垃圾矿山”中的重要成员。其他垃圾主要是尘土、花瓶碎片等垃圾，也包括易溶解的厕纸。

在垃圾处理中，垃圾分类是一个重要的部分。大部分居民都听说或了解过垃圾分类，但真正动手去做的人并不多，进行垃圾分类的积极性在社会上得不到有效提升。有些想要进行垃圾分类再丢弃的人对垃圾的种类了解不全，难以真正施行垃圾分类。社区里应当在每一个节点都配置 4 个垃圾桶对应不同的 4 个种类，但大部分社区都只放置了 2 ~ 3 个垃圾桶，居民无法将垃圾“对号入座”。垃圾桶边应当配备的讲解或简单的结构图也得不到有效的普及，居民们看不到简单易行的垃圾分类操作图，也会大大降低对垃圾分类的热情。有些地方的居民养成了垃圾分类再丢弃的习惯，但每次将垃圾打包之后，也许垃圾清运车又会将所有的垃圾汇集到一起拉走，这也挫伤了居民们对垃圾分类广泛推行的信心。

“垃圾围城”是所有城市居民们都不想见到的情景，但要推广垃圾分类，也需要全社会对其重视，将好的方面坚持履行、久久为功，才能真正发挥垃圾分类的作用。垃圾分类，你我皆有责任！

手　　表

书桌上，放着一个青绿色的电话手表。上面没有什么装饰，屏幕也很光滑，显得很新。但是，只有我自己知道，这个手表曾经代表着多么沮丧的情绪。我的脑海里不由又浮现出那个有惊无险的夜晚。那是秋日里一个寒冷的黑夜……

“你怎么能这么粗心！如今回去也不是，继续找也不是，时间估摸着也有9点多了！”为了与闺蜜交流，我将她一路送至社区门口。回到单元楼下，却见我的口袋里空无一物，原本装着的手表不翼而飞！我用力地跺脚，在无人处兜兜转转。最后，我大步回到了小径，试图找回它。

如墨般漆黑的夜幕里没有月光，眼前的小径上人影阑珊，四周空灵寂静，天地间都静如死水。道路两侧的灌木丛在黑夜里隐约露出一个狰狞的轮廓，地上偶有猫出现，小心翼翼而提心吊胆地偷摸爬过。我在泥路上瞪大眼睛搜寻手表，却一无所获。

黑压压的夜幕再次包裹了我。至少10点了。我的嘴唇开始不自觉地抖动起来，两条腿哆哆嗦嗦地弯着几乎无法直立，像是萎缩干枯了的树干。怎么办？怎么办？我蹲下来，用瑟缩的手在肮脏的泥路上疯狂地摸索着，不停地张望着。没有。我猛地站起来，浑身像被抽干了力气，像一摊烂泥一样靠在花坛冰冷的石壁上。我的情绪似乎都停止了波动。蓦地，我灵光乍现，撒腿狂奔起来，跑到刚才和闺蜜坐的秋千那里，在座椅上搜索着，冰冷的椅背上光溜溜的有些突兀。我一下子慌了：你已经无计可施了，你只有回去，等着挨骂吧。“完了完了，这下多半废了，不仅回家晚要被骂，还弄丢了手表。”我两眼空洞地踱出秋千庭，缓慢地朝家里迈去。

到了门前，我头顶有点冒汗，手指僵硬地旋转着钥匙。一张无限恐惧的脸在我眼前出现。“你干什么去了？怎么这么晚才回来！你知道我跟你爸有多担心吗？打你电话手表也不接……”听到妈妈提到手表，我的心脏都像哽在了喉咙里。“不是的……我，我把我同学送到了大门那里，然后，手表不见了，然后我就去找……”我结结巴巴地辩解。“刚刚欢欢家长从你们玩的地方经过，捡到了你的手表，才给我送过来！”我不敢跳动的心慢慢落地了。

直到现在，想起当时的事情，我的身上都会出现一股深深的寒意和愧疚。如果欢欢家长没有捡到我的手表，如果我恰好被不怀好意的人带走而销声匿迹杳无音信，如果……我想，以后必须好好控制自己！只有这样，才能使家长放心，从而肩负起自己作为家庭一员的责任。这样的事情，我应当力免其再次发生。

我看看桌上的手表，默默地，把它揣进了兜里。

桃李不言，下自成蹊

老师，是成长路上指引我们前进的明灯；老师，是我们因为糟糕的成绩而心急如焚时的点化者；老师，是自修路上永远不会让我们松懈的鞭策者。老师的付出不求回报。写老师的作文千千万万，每一篇都是怀着感恩戴德的心情写就，我也不例外。对老师的感恩，是我们用千言万语也诉说不尽的。老师对我们的付出，自然不是为了我们拙笔写就的感言，他们默默对我们开化、教导，不知道被多少人感激和敬仰，却一言不发，“桃李不言，下自成蹊”。

语文老师大李，非常敬业。她总能一针见血地指出我作文中存在的问题。以前，老师审阅我的一篇叙事文，这篇文章仓促写成，许多地方还难称完美。但我心急之下，草草查视一遍就交了上去，老师很不满意，修改了许多处。最后语文老师的批语我现在还记得：“以后作文要多一些平实的过渡与铺垫，少一些跳跃。”一下子就给了我茅塞顿开之感。

数学老师小李，平常很和蔼，也很照顾我们的自尊心，如果我们不是犯了大错，他就不会在众目睽睽之下进行训斥。因此我的许多过失老师都包容了下来，令我十分感激。这学期我依然难改偏科的毛病，对数学的学习不是很上心，不懂的一些疑问都没有再去追究，草草地把错误改正就了事，直到现在想起来依然感到十分愧疚，不仅没有对自己负责，且辜负了老师殷切的希望。之前的数学考试成绩不理想时，老师对我并没有过多责怪，只是很平静地对我的学习状态进行问话，帮我分析了最近学习缺少的方法，每次我都不好意思，但是老师显得很轻松，也把我的不安和拘束全部化解了。这也在我数学学习低迷的一段时间内给了我极大的鼓舞，心理上的解放都是老师谆谆教诲和引导的功劳。

“令公桃李满天下，何用堂前更种花。”老师用自己辛勤的汗水和鬓边的白发，换来了我们这一株株“桃李”的成长与盛放。我们更当努力学习，更加“枝繁叶茂”，为社会的发展多添“新绿”。

月光下的夏夜

皎洁的明月升上枝头，夏日独有的热浪拂过一棵棵树木，夜深了。铁蛋轻轻地披上衣服，来到表哥的房间，“嘿”，铁蛋小声地叫醒了他。二人蹑手蹑脚地从后门溜了出去，一个扛着蛇皮袋，一个握着手电筒。

“吱——吱——”地上的草叶被踩得沙沙响。“我们这里有好多知了，都在前面林子里，指不定可以捉一袋子。”铁蛋拧开了手电筒。“哎，夜里，树林里会不会有毒虫猛兽？”表哥把铁蛋的手握得紧紧的，眼睛忙乱地扫视着四周。“不会！不会！……那，……你说知了能拿到城里卖，卖好多钱，一袋子知了的钱够给爷爷换双好鞋了吧？”铁蛋问。“哦，何止一双鞋，不过真能捉到一袋子的吗？”表哥有点怀疑。“看我的吧！”铁蛋笑了笑。

走到林子中央，铁蛋把手用夜来香草汁染绿：“知了一闻到夜来香的味道就会恶心，这样就好抓多了！”

表哥也学着把手染了一遍。铁蛋把袋子放下，趴下来，找了一块土，就用铲子一层层地铲。表哥有点急了，抓起铲子使劲向下挖：“你这样多慢，直接挖不就好了。”铁蛋连忙制止：“不行！把土翻乱了，就不好找，也容易把虫弄死。慢一点，别心急。”表哥摸了摸头：“嗯！”

铁蛋把铲子上的泥刮掉，把土中捉到的幼虫放进袋子，擦擦头上的汗……“这大半袋子，应该够给爷爷买双新鞋了吧？他天天穿一双，底都裂了，可还舍不得换。我也得有孝心，不能光让爷爷为我付出呀！”他有些累了，一屁股坐在地上：“咱们歇会儿。”表哥的手上全是泥，他也筋疲力尽了。两人说着话，表哥突然看见旁边的树丛间闪过一个人影，再细看，没有人。表哥赶紧告诉铁蛋，铁蛋却只笑了笑：“你太累了，又有点紧张，幻视了而已。别怕，有我呢！”

月光漏过叶隙，洒在婆娑的落叶上，像水一般淌在树丛间，柔和的光影使表哥不那么害怕了。“要是每天都能在这样的月光下该多好啊！城里，只有灯泡的白光，根本看不见幽雅的月光。”表哥想。

两个人走走停停，不停地又挖又刨，蛇皮袋像吃撑了的婴儿，每一寸纤维都被拉伸到极致。铁蛋露出了欣喜的笑容。他们手牵手，开心地谈论着：“这么多，可以卖很多钱了！”“太好了，终于可以给爷爷买新鞋穿了！明天我们一起去卖！”“好！”

天空已经隐隐发亮，已经3点多了吧，铁蛋想。月光还没有完全消失，清辉洒在后院里，远看一片银白。铁蛋轻轻地把蛇皮袋放下来，笑了笑，回到房间里，很快入梦了，表哥也回到房间入睡了。

“吱呀——”门忽然打开一条缝。铁蛋在床上睡得正香，没有察觉。爷爷悄悄看了看铁蛋，欣慰地笑了。原来，爷爷一路上都在悄悄地跟着他们，刚刚树丛间的那个人影，正是爷爷。

月光柔和而明亮，清晰地照出了蛇皮袋上的纹理。这时候，三个人都酣然入梦了。

第二天，门口多出了一双结实的新鞋。

如何应对上课走神

今天我演讲的题目是《如何应对上课走神》。

大家最近都注意到，我们的学校中出现了“高原期”现象，很多同学上课非常容易走神，导致知识点背不进去。这给我们的学习带来了很多影响，对此，我想和大家谈谈如何应对上课走神的问题。

上课走神大概有两种，一是在脑海中想别的事情，二是在底下偷偷摸摸地玩东西，做小动作。其中，在脑海中想别的事情会使我们难以完全摆脱遐想，一不小心就会走神。而玩东西可以通过把东西放起来克制自己不去碰它来解决。所以，在脑海中想别的事情应当成为我们的重要解决对象。

我认为，解决遐想首先要找到遐想的缘由。为什么我们会不由自主地遐想？那是因为我们觉得老师讲的内容枯燥无味。但是，有的时候我们自认为已经明白了的知识点只是懂了皮毛，并没有完全掌握。比方说老师让我们做题，做完之后，在确保正确的情况下，回顾一下刚才做的几道题中的知识点，并且仔细思考，抠字眼，保证我们理解得准确。相信这样的思考是需要一定时间的，抓住课堂上枯燥时的零碎时间思考，一定会让我们走神的机会变少，并且还能在碎片时间中不知不觉地巩固我们的知识架构。

有了这个方法，我们就可以避免总是遐想啦！

但是，这还是不够，因为我们可能会控制不住自己，思考不了多久就选择了更为轻松的走神，然后就容易走神一节课，导致整堂课下来什么也没听。那我们应当怎么解决这个问题呢？我认为，我们要对学习有责任感。是的，责任感。其实这份责任感就是指，我们必须好好学习，学不好，不仅对不起自己，还对不起辛辛苦苦教育我们多年的老师！想想吧，在我们学习上遇到问题的时候，老师首先发现、关注我们，找我们谈心；在我们考试的时候，老师也首先发现、祝贺我们，鼓励我们；在我们心理上遇到沟壑的时候，老师还是首先发现、安慰我们，疏导我们。老师如此负责地教育我们，我们还上课走神，辜负他们的期望，这合适吗？只要在心中建立起对很多人的责任感，每当你倦怠之时，诱惑向你袭来之时，这些责任感都会变成一堵堵高大的墙，为你抵御袭来的诱惑！

以上就是我总结的对抗走神的方法，希望对大家有所帮助。同时，也希望同学们能好好学习，心无旁骛，不要被外界各种各样的无关信息扰乱了心绪。

“读书须用意，一字值千金。”也希望同学们能用意读书，摆脱“高原期”！

有时觉得一个人不够灿烂

或许只是因为，她不愿在你面前完全展现出其灿烂的一面，就像大家都是演员，而你对她而言只是过客，因而，她并不完全展示自己，慵懒地收束着，如此而已。

而朋友，那便是，见一面就恨晚，深知对方于自己而言绝非过客，因而在其面前能完全挥洒出人格的灿烂，如此而已。

所以，并不是所有人都毫无魅力，你只是看到了其在世界上的一面而已。

也不是所有人都魅力无限，你只是看到了其在世界上的一面而已。

或许可以说，所有人的处世都是戴着不同的面具的，而很少，会有那么两三个人，你和他们，在对方面前都可以摘下面具，露出自己的真实。

所谓朋友，便是如此。

而所谓白月光，所谓青春永不能忘怀的记忆，也是在某个精妙无比的时刻，在这个独特的角度、独特的事态，看到了那个人灿烂的一面而已，并且，这时候不需要互相摘下面具，远远地，就可以看到。

最是人间留不住，朱颜辞镜花辞树。

所有的灿烂都会在生命的挥发后凋谢，面具也会随着亡人带入坟墓。人生的意义就在于你是否成功地让某些人记住了你摘下面具的样子，让时代帮你记下了你摘下面具的样子。

白垩纪之行

站在时空列车的悬浮月台，周围是一列列泛着银光悬浮着进入时空裂缝的时光列车。我紧握手中的时光车票，接下来我将穿越回白垩纪，完成我亲见恐龙的心愿。

随着一下轻微的震动，时光机驶入了人为制造的时空裂缝。

接着，叮的一声，列车停了下来。下车前，列车为我随机匹配的机器人助手月儿也跟着下来。走出列车，大片绿意映入我的眼睛，看多了白色和银色的我顿觉眼前一亮。周围是水草丰美的草岸，在湖泊的中间，分布着大小不一的沼泽。带着泥土腥气的芳草味钻入我的鼻子，馥郁而清鲜。一望无际的草地充盈着我，蔚蓝广阔的天空包围着我。

微型摄像机的快门声“咔咔”响起，一张张相片保存进了相机。正当我整理相片时，月儿开口说着什么，没等我侧耳倾听，一阵轰鸣顿时震动了大地，巨大的尖啸声在地面低空传递。我的耳朵里也轰鸣不断，听不清月儿的话。咚咚的脚掌拍击声越来越近，一个房车一样大的轮廓出现在我们的前方。小巧的前爪，硕大的脑袋，三四米的身高——霸王龙!真可谓未见其龙，先闻其声，又一声尖啸发出，刮擦着我的耳鼓。我事先做了偶遇恐龙的准备，此时我泰然如常。正当我开口找月儿要生物激光，月儿的显示屏上切换出一个愧疚的表情包，说道：“抱歉，您的生物激光没有放进储物箱，需要返回列车舱装备。请您选择装备方式：人工智能远程拾取或步行返回。”我的脑袋轰的一声，眼睛里金星乱冒。没有生物激光，我难道能和强大的霸王龙作斗争吗?

“月儿，请为我匹配最合适的防御武器。”我脑中灵光一闪，向我的机器人助理寻求帮助。月儿缓缓滑出拾取板，一把 AG19 生物图钉！这种生物图钉来自世界科学院的最新研究成果，是穿越时空旅行者的必备防身武器。生物图钉广泛应用于生物的驯化和部分基因快速改造，将其安插在生物身上，选择要改造的特点，就可以在十几秒内将动物的特性转变。因此，将它用来对付暴躁的霸王龙，将其特点转化为温顺，再合适不过了。

等到霸王龙逼近，我将生物图钉掷在霸王龙的肢体上。图钉在它巨大的躯干上如同一粒微小的芝麻。生物图钉很快开始改造基因，几秒钟内，霸王龙如我所料，性情大变，趴在地上喘息着。危机终于解除。

回到车舱里，车门缓缓封闭。窗外的景致也瞬间消失。靠在松软的椅背上，一个悦耳的机器女声在我耳边响起："您好，您即将开始返程。返程前请您确认没有遗漏随身物品。所有您在该时空中对原有生物做出的改变在 5 秒后将由清洁虫洞消除，以免造成时空坍缩。确认返程，请回答 1，停止返程，请回答 2，其他选择，请回答 3。”

“1。”

“好的，您的返程已开始。”

车舱如前再次震动一下，车门缓缓封闭。我靠在座椅上，脊椎在座位上逐渐形成的印模将我的脊椎包裹起来。

叮的一声，车门缓缓打开。悬浮月台再次出现在我的眼前，月台上，乘客川流不息。

三、杂　　文

读《丘比特之谜》

平生遇见了许多好书，沈石溪《狼国女王》、罗尔德·达尔《查理和巧克力工厂》，以及 J. K. 罗琳的《哈利·波特》，这些大名鼎鼎的书，一直是我心目中无可比拟的书，直到有一天我遇见了这本小部头书——《丘比特之谜》。

这是一个关于成长和包容的故事。12 岁的女孩阿曼达的母亲再嫁，她被迫离开理解她的父亲、合得来的好友到乡下去住。在这里，她要面对的是继父和 4 个她毫无好感的弟弟妹妹，而不是熟悉的人。最初，大家都感到阿曼达是一个陌生人，因为她爱好一切关于超自然的事。况且她的打扮也十分古怪，如书中所描写的："头发被紧紧地编成几十根长辫子""身上被一条鲜艳巨大、带着蓬乱穗子的披肩裹得严严实实""前额正中心有一个金属质地的反光小三角"……而她的行李里还有许多湿湿的爬行动物，令人十分头疼。他们所住的这栋老房子又大又神秘,每段楼梯的起始两根柱子上各有一个丘比特脑袋,只是有一个已经不知所踪了100年。

随着阿曼达渐渐地把超自然思想成功"移植"在每个小孩的脑子里,她就开始利用"是吵闹鬼搬走了丘比特的脑袋"这一猜测大做文章。她假装成吵闹鬼，在大家都全神贯注地干某事时往屋里扔石头。也许阿曼达觉得为了增加效果少睡一会儿也不可惜吧，晚上她也会拿石头到起居室砸东西,然后飞快地回到房里。只有一次，11 岁的长子戴维发现了真相,阿曼达便罢手了。一次难得的机会让他们严肃地交谈了一下,原来阿曼达只是希望被关注、关爱。最终，阿曼达一反过去的执迷不悟，融入了这个新家庭。

故事中的阿曼达给我的印象最为深刻。当读到她扮成吵闹鬼时，我忍不住哈哈大笑；当我明白她扮成吵闹鬼的动机后，又觉得表面的淘气、冷漠无情下其实是一颗无奈的心。所以为什么有人说《丘比特之谜》中形象最立体、成功的一个人物是阿曼达，我想这一点可以给出答案。

这本书的人物形象都塑造得栩栩如生，一直贯穿故事的魔法元素，让它变得神秘起来。毫无疑问，它在世界名著中算得上一颗熠熠生辉的明星。

李叔同《送别》鉴

唱李叔同的《送别》时，总是一个字一个字、一顿一顿地唱出来。不知为什么每个字都唱得很大声，像念一样。唱这些时总想着这不仅是一个字，一句词，而是李叔同用自己的音乐生命，在纸上隆重地雕刻出来的成果。每一个字都力透纸背，在朴树的歌声里，响彻人的心扉。明明像是一首诗，凄美的诗，唱出来却无比哀婉，一种令人心酸的无奈与沉重，难以舍下的依依惜别之情。你走了，我也望不到你的背影，笛声已残，繁华褪去，晚霜散尽。一遍又一遍，轻轻浅酌这杯淡酒，希望你还在眼前。送别的惆怅，历代诗人诉诸不一，只有李叔同用一首歌诠释了我们在送别后独倚斜阳的心境。你这次一走，什么时候回来？咽泪装欢，我知道你不会回来了。

读《辛弃疾词传》

这个暑假，我阅读了《辛弃疾词传》。这本书以辛弃疾的词为视角，纵观辛弃疾对抗整个时局传奇的一生，波澜壮阔，起起伏伏。

辛弃疾是北方人，年少时曾只身追上了投奔金国的汉奸，中年时写下了《美芹十论》，想要上阵杀敌，只求马革裹尸。但一直得不到君王的赏识，短短 7 年，调了好多地方。辛弃疾实在灰心，便回乡归隐。这段日子里，他写下了不少满含自然之趣的诗句，“稻花香里说丰年，听取蛙声一片”“东岸绿荫少，杨柳更需栽”。中途不甘心地出了几次仕，都无功而返。当朝廷要重用他时，他已经临终，嘴里喊着：“杀贼！杀贼！”

令人唏嘘。

读了这本书，我感受到了辛弃疾曾经金戈铁马，少年壮志凌云，无奈醉里挑灯，终成词里将军的无奈。虽然他一生未能如愿献身北伐沙场，但“愿得此身长报国，何须生入玉门关”，他做官时，为百姓做了许多好事，政绩卓著。这本书虽不厚，然而其中辛弃疾爱国为国的精神是值得我永远借鉴、参悟和实践的。

如神禹铸鼎，魑魅魍魉，莫遁其形
——评《儒林外史》

“那南京的名士都已经渐渐消磨尽了！……花坛酒社，都没有那些才俊之人；礼乐文章，也不见那些贤人讲究。论出处，不过得手的就是才能，失意的就是愚拙。论豪侠，不过有余的就会奢华，不足的就是萧索。”读完《儒林外史》，第五十五回的感叹久久停留在脑海之中。明代八股取士制，让文人成为没有独立思想、没有独立人格的应声虫，虽有觉悟，却仍循规蹈矩，“噤不敢发声”。

这样的科举制度下反映的功名富贵也是很现实的。范进中举后，对他吹胡子瞪眼的胡屠户立刻变了脸，每日殷勤巴结，生怕得罪了这个女婿。原本淳厚的匡超人，中举后就对哥哥说，让娘把那件大红补服穿起来，区别于普通百姓。普通秀才尚且如此，那些做了官的，更是骑在百姓头上作威作福，榨取民脂民膏了。

这种腐朽的科举制度，将一般的知识分子培养成庸妄无知的人，更将他们腐化成堕落无耻而不自觉的人。严贡生口中声声“从不晓得占人寸丝半粟的便宜”，却讹诈船家，关王大的猪，霸占弟弟的家产，最终被传为丑闻。而杨执中、景兰江、支剑锋等因走不通科举这条荣身之路而奔走周旋于各种盐商、衙役之间的假冒名士，在全文中也是用鄙夷的视角来打量的。景兰江没有多少真才实学，在知道内情的时下人眼里，就是一个“老乌龟”。而他竭尽全力粉饰自己，举办诗会、宴请官吏，俨然江湖上的诗坛宗主，久而久之竟风闻一时，受到称赞，确实德不配位。

虽是着力描写儒林的污浊腐败，但吴敬梓也塑造了一批正面的人物。有些是个别的好官，如乐青知县李瑛、安东知县向鼎，他们体恤民情，常常用工资救济百姓，安东知县向鼎在鲍文卿穷困潦倒之时，就伸出了援助之手，让鲍文卿深叹世间人情尚有如此。

全书的第一回着重描写了一位淡泊名利的“名流”王冕。他像是一把尺子，作者以他为标榜，衡量着书中所有的人物，发人深省，“说楔子敷陈大义，借名流隐括全文”，其意义是非常深刻的。王冕自幼为老秦家放牛，闲暇时间练习绘花卉，最终成为当地画无骨花卉的奇才。衙役们请他为知县作画，他避而不出，听到朝廷要征聘他时，连夜逃往会稽山隐居。秦老一夜与王冕夜观星象，王冕指着一颗星说的话“贯索犯文昌，一代文人有厄！”其实已经等于局势的预测，也是全书中心的揭露。

结尾所描写的4位世外高人,其实是吴敬梓等清醒者的缩影。他们甘受正统文人的轻视，如吴敬梓用小说这一艺术形式记录和刻画历史，在当时被世人所歧视。这些难能可贵的精神，和当时中国黑暗的社会现状，值得我们用心去反思。

全书像一双犀利的双眼，批判着社会的凌乱，当时被掩盖的丑陋在书中毫无遮掩地暴露在大众眼前。《小说丛话》中云：读《儒林外史》者，盖无不叹其用笔之妙，如神禹铸鼎，魑魅魍魉，莫遁其行。这句评论，全面而中肯。

读《鲁滨逊漂流记》

睁开眼，四周全是乱石野草，孤身一人，被困在荒无人烟的海岛上。没有船，没有工具，你的生命能否在岛上延续？鲁滨逊给出了他坚定的回答：“能！”

作为一个热衷于挑战的人，鲁滨逊喜欢航海，希望自己成为一名优秀的水手。然而挑战往往伴随着风险，一次航海时船只失事，其余水手全部丧生，唯有他大难不死，随着海浪漂上了一个荒凉的海岛。在岛上彷徨的数天内，他靠着在难船中拾取的物资，维持了生命。随后他尝试着打猎、种植乃至畜牧，改善自己的生活环境。其间他还救下了一个将被变成祭品的野人，给他取名“星期五”，星期五很快成了他的好帮手。随着生活的渐渐稳定，他也差不多淡忘了要回到英国、回到文明社会的想法。然而奇迹终将降临在坚持者身上，一艘船突然出现在了这座荒岛的岸边，他与星期五救下了被水手背叛的船长，船长对此甚为感激，将他带回英国，至此，鲁滨逊才结束了长达28年的荒岛生活。

内心的孤寂比外界的危险更容易使人坠入深渊，这一点，在鲁滨逊身上展现得淋漓尽致。这也使我明白，无论何时都要保持心境的沉稳。上岛之初，鲁滨逊彷徨而孤独，险些在精神的漩涡中抑郁而死。作为知识分子，他先是仔细思考了自己的处境，迫使自己冷静下来。通过列表格，写出了自己目前遇见的好处与坏处，将其进行对比，使绝境之中也能发现令人欣慰的部分。这是个很好的缓解方式，带给了鲁滨逊继续生存的理由。困境会使人思维凝滞，心情烦躁，那时不妨沉下心来，效仿鲁滨逊，找出可以安慰自己的理由，心里会好受很多，也更有摆脱困境的动力与信心。

解决了生存危机后，鲁滨逊清醒地意识到，需要尽快改善自己的生活质量，因此他开始着力打造自己的住所。他需要在树林里砍下木料，将它们加工，最后将沉重的木桩打进地里。这一系列繁杂的工作，鲁滨逊感到十分困难，“我大概用了一年的时间，才将我的住所完全布置好”，尽管工具缺乏，但是鲁滨逊全都咬牙坚持了下来。直面挑战，不怕困难，说的不就是鲁滨逊吗？现实中，我们也常常遇到各种各样的困难，能将这些困难昂首挺胸一一突破的人并不多。有的人被困难击倒而一蹶不振，有的人因畏惧困难而裹足不前，有的人犹豫不决，自卑自怨最终一败涂地。唯有学习鲁滨逊坚毅顽强的精神，才能使自己更加强大，于困难前昂首自若而心无旁骛。

从惊惶不安到淡定从容，鲁滨逊在岛上度过了 28 年。在这漫长的时光里，他没有放弃任何改善自己生活质量的机会，并没有因孑然一身而失去动力。同时，他也知道倾诉的重要性，将墨水列为他最重要的物品之一。强大的心理素质支撑着他，非但没有精神崩溃还靠着自己的双手将生活越过越好。这永不言弃的精神，使他战胜了自己心中放弃生存的念头。

在生活中，我们也需要学习鲁滨逊的种种精神，要像他一样，勇敢地面对逆境，才能苦尽甘来，走进光明大道。

诗化思天下

——读《文化苦旅》有感

“余秋雨先生对中国文化的贡献功不可没……他当之无愧是引领读者泛舟世界文明长河的引路人。”这是联合国中文组组长何勇对余秋雨先生的评价。余秋雨先生亲身考察了中国很多文化遗迹，以《文化苦旅》等书重铸了唐宋八大家诗化地思索天下的灵魂。

书中有写宁古塔的。宁古塔是古代犯人的流放地点，很多知识分子因冤案被发配到宁古塔，也因此牵连了许多无辜的人。余秋雨先生认为，最动人、最真挚的友谊都产生在这里，其他的友谊佳话，外部雕饰太多了。宁古塔，是苦难的象征，但就是它，让很多知识分子在这里发出了自己的光芒，比如宁古塔一带，文明落后，被发配来的知识分子们就教他们如何纺织、耕作、经商，极大地推动了那里的文明发展。

书中也有写莫高窟的。在敦煌东南方鸣沙山东麓，最初是由公元366年的一位僧人开凿的一个石窟，历经隋唐五代至今几千年的扩建，最终成了拥有735个洞窟的佛教胜地。这个伟大的洞窟里有两个伟大的灿烂文明，一代代的佛像在里面通俗而又庄重地微笑着，苦涩着，牺牲着。而奇迹存在的地方也必然伴随着毁灭，坚守了几千年，被人们瞻仰了几千年的莫高窟，正是由于其过于不可思议，不可瞻仰，才导致被外国人觊觎。被抢走的难以回归，我们也只能在世界博物馆里，带着愧疚，带着辛酸，隔着玻璃，远远地百般膜拜。余秋雨先生在文中表示了深切的惋惜，这是中华文明不可估量的损失！

书中还讲到，现在我们所知道的古文明，都是在它的时代具有极高的文化地位的。然而它们最终却都避免不了覆亡的命运，这是为何？作者诠释道，因为这些古文明都已经远远超出了它们时代的标准，过于崇高，导致这些文明的终结者都无法同化它，融入它，只好在它的土地上撒下粗盐和荆棘的种子，把在这里发生的一切事物的痕迹都掩盖起来。因此，许多古文明，都是被比自己弱小而勃发的文明给覆盖和毁灭的，在这一点上，虽是一种文化的迷茫，但亦或是中华文化五千年文明生生不息的秘诀。在所有的古文明中，至今唯一没有中断和湮灭的，只有中华文明。

陆游的“细雨骑驴入剑门”，顾炎武的“常将《汉书》挂牛角”，在余秋雨先生的笔下，是千古雄关，是英雄史诗，是价值的终点和民族的信仰。读《文化苦旅》，弘扬中华优秀传统文化，就是守护中华民族的根和魂。

壁纸文学

说到壁纸，脑海当中一定是那一行行言简意赅的句子吧！

一个个平凡至极的文字，砌成了真理的窗口。每当打开电脑，那一句句包含着人生与诗意的思考之花，欣然绽放在屏幕上，让人久久回味。

初见壁纸文学，是在夏日奔放的课堂上。温煦的阳光散漫地照射在不断变换的白板上，那一行行欣悦的字符，也欢快地跳动起来，往往将心绪带到无极之境当中，看着那不断带给人新体验的壁纸，确实有一种不可多得的享受。此时三尺讲台上老师对字词不厌其烦的讲解，顺着阳光消逝了，犹如水过鸭背。有时一节课下来，老师讲得简单至极的知识我在预习时就完全掌握，那一节课就被拿来感受壁纸文学世界当中的新鲜和冷暖了。

壁纸文学，我将它称作一种文学，实在是因为它带来的心灵上的震撼，足以成为文学界当中一个别样的存在。那些生活中我们耳熟能详的道理，往往"百姓日用而不知"，变得麻痹起来，当它们以壁纸上文字的形象重新出现在我们的视野之中，突然就有了新意，因此壁纸文学也是感悟人生和明白道理的重要渠道。

壁纸文学的魅力，更表现在它对人生境界高度的提升上。一张壁纸，就能给予人们长久的沉稳心态。甚至有时，可以因为一张壁纸改变人生。譬如在青春期，只顾追赶潮流，故作伤感，还以此为荣时，看到一句揭露人间真相的爽句"玫瑰不相信眼泪，成功鄙视崩溃"，那么人生也许从此将褪去故作姿态的娇羞外衣，真正面对现实时，能够冷静而乐观，以胜利者的姿态站在困难面前。

壁纸文学之所以吸引人，还因为它的文字非常简单，逻辑也容易明白。一个个简单的词汇，平易近人，从不故作高深，真是让我这个功底尚浅的人感到亲切。那些文字，也并不仅仅是传达道理，久了有说教之感，而是每一张，都是不同的口吻，不同的心境。有的积极有的冷静，有一些青涩而让人感到欣然。有一句常念的“静心经”：冬有暖阳贵，般若愈人间。虽现在已是春初，寒光减退，但这一句，还是让人回忆起冬日里的暖阳——分外珍贵，人间温暖。只是不经意间，总有许多心灵上美好的触动，当岁月将它乍时的感动渐渐消去，那留在心里的，就是一抹抹暖阳的痕迹，又在不经意间想起，记忆已经模糊，而那份感悟依旧温存如昨。壁纸文学，这个月，那个月，月月更新，而每一月所得的感悟与思考，就是如此，尽管有些已经淡忘，但再想起时，一定能感受到那段时光的气息。

壁纸文学，最吸引人的，就是那字里行间的意境。深入其中，那份不可多得的体验，真是妙处难与君说！一个个几乎比最华丽的装饰、最瑰丽的星空都美丽的诗句、文段，让心境都诗意起来。“欹枕江南烟雨，杳杳没孤鸿。”此句甚妙。我简直不能相信世界上竟有如此美好而淡然的意象，那孤鸿，那江南，原是再平常不过的意象，可是这样叙说，这样构思，便完全换了一番天地。这烟雨不是悲伤，也许有一点淡淡的惆怅，但景并不是要伴着怎样诗意的心情，也许只要一念，一思考，或是看到景色而忽然感到宁静和广阔，这景就会久久地驻扎在观景者的心底。也许当一个把生活活成了诗的人，当他离开故乡，漂泊天涯时，时间一长可能特产、食物等被任意寄托乡愁的载体都已经渐渐朦胧，而那一刻永远不会忘记的感受将成为永远留在心里的底片。壁纸文学将这渐渐散开，慢慢越来越广大的思考都浓缩在一幅配着图的壁纸当中。这就像一个小小的、含苞欲放的花蕾，一层层剥开，都是不同的滋味。当你久久沉醉在江南旖旎的欹枕中时，孤鸿杳杳飞行的翅膀又会将你的心带到无限广阔的地方。在那里，已经没有了生活中令人思想麻木和感情匮乏的烟火，满是令人欣悦的彼岸赞歌。

壁纸文学还传递着种种的生活态度。“生活是一半烟火，一半诗意。手执烟火以谋生，心怀诗意以谋爱。”真是人生道路上的明灯。虽然没有一遍遍的叮咛，但它已经不声不响地贯穿了你的所有信仰，当你发觉你的一言一行中都已经开始遍布这种思想与观点，会感到这已是正常至极的事情。

壁纸文学真是让我受益匪浅，也许多年后我再回忆起小学时的时光，都会散发着它浅浅的馨香。

梅

世上的梅，有许多种，大抵不过多是红梅这等傲雪的一种，渐渐这意象已经常常在纸上出现了，不久后也许这本就高贵的意象将渐渐变得庸俗和高冷：这是被吟诵久后必会出现的困扰，一定会有品位上的下降，渐渐无人欣赏，最终落得个别人一见就感到厌烦和腻歪的下场。依我愚见，折红梅已是在这下场的边缘摇摇欲坠了。因为那些用来描写大美的词语，同样也可以用来描写小美、普通美、平庸之美，因此，对于大美，要谨慎动用华丽辞藻，因为一旦弄巧成拙，大美的层级就瞬间下降了。可笑近来人们，都不再深入解析红梅，而是仿照前人写法，一味赞扬其的傲雪等等已被引用了上千年的优点，千篇一律，再也不能使人有读此类文章的乐趣。但这是红梅的事儿了，在这里我们先把它放一放。

今天在这里我要宣扬的是黄梅。黄梅，色香味自不必说，淡香，有一种淡中有浓的感觉，闻起来并不是只有轻飘飘的一点，那会让人感到无所适从：毕竟过于超脱，清丽，一旦离了凡尘的口味，那花也就只有孤芳自赏的命运了。

黄梅，众所周知，冬末春初，都有它的倩影，这便是它的高明之处了。一，它的外形，比红梅可谓有过之而无不及，我倒觉得更加清新脱俗，因为众花都是软软的四五六瓣，那样的造型从没有变化，而黄梅是立起来的，虽没有长长的荆针护卫，但它非常独立，没有依赖任何部位，黄梅全身上下每个部分都是如此，虽然互帮互助，但从来没有哪一方是另一方的附庸；二，黄梅在冬末春初都有开放，又有一个傲雪高冷的名声，又能和百花一起开放，也显得合群不做作。这个方面比红梅真是强多了，这也是我偏爱黄梅的原因。

黄梅就像人，总显得不合群只会让别人离你越来越远，你的幽芳也不会有人来欣赏，顾影自怜，真是可笑又可悲。“一点点柔瓣不显娇娆，玲玲珑五瓣自是清奇。”心底的欣赏，送给黄梅。

回忆德拉科·马尔福

这是一个高傲的贵族：纯血二十八家族之一，拥有显赫的社会地位。

这是一个孤独的彷徨者：不懂得去爱，但希望被爱。

这是一个挣扎的迷途之人：魁地奇胜不了哈利，也不及哈利有主角光环，有着来自内心深处的无助，没有人理解，但他就这样，不愿意分享给任何人，习惯将自己封闭在孤独的旷野。12 岁掌握高级巫师的法咒，16 岁成为杰出巫师，他用这些硬邦邦的慰藉，来填满孤独的内心。从来没有放松对自己的要求。他是纯血统，只有继承马尔福家族的志向，才能出人头地。他选择冰冷。也许多年后他会改变，但是现在，他只能做一个孤独者。

我不愿再细究他的英俊，这是他的悲哀，因为这副面孔，人们以为他永远不会崩溃。

也许永远都不会有人理解他。在众人的眼光中，也许他永远是一个不与魔法世界相关的人。这也许就是另一个罗琳，幼年时，埋在心底深处的无助的自己。

四、游　　记

遇见新疆

一　初　见

“天山雪云常不开，千峰万岭雪崔嵬。”终年不化的是天山的雪。我曾梦中见过那一片白皑皑的神秘疆域，不知那从未有人踏足之地，是否真有神灵居住。

烈日高悬，给高原涂上了一层金色的光晕，雪山在阳光下泛出星星点点的光华。铁轨从雪山脚下向前直入，两列火车相对驶来，一列装满兴奋的期待，一列承载着满足的回忆，此刻擦肩而过。天边一声长唳，两只强有力的翅膀搅散云雾，一抹褐色破风而来。如此豪景，何不令人心驰神往！

乌鲁木齐，中国最大的瓜果之乡。老幼皆宜的葡萄干，有九成以上都来自这里，哈密瓜年均产量占全国哈密瓜总产量的一半，红枣产量占全国总产量的近一半，如此令人震惊的数字，让全国人民为之赞叹！

一座城市所蕴含的文化风俗，皆浓缩于集市中人的一举一动当中。新疆国际大巴扎，是世界上最大的集市，集文化、建筑、娱乐、餐饮于一体，被誉为“新疆之窗”。民族特色美食及饮品琳琅满目，其中就有新疆的传统饮品——马奶酒，由蒸馏后的马奶层层过滤而成，鲜美至极。曾有哈萨克族与维吾尔族间的嫌隙因一杯马奶酒而化解的传说，可见其味道甘美，令人难以抗拒。要想喝到一杯醇正的马奶酒，就一定要来巴扎里的派莱克酒吧。边品酒边瞭望窗外雪山一角上被风吹起的烟尘，感受那让人为之一振的清风，不亦快哉！

大巴扎里有的不仅是美食，还有丰富的特产与工艺品。在旅游工业精品店里，陈列着令人眼花缭乱的花帽、地毯、丝绸，物美价廉，令人一见就生喜爱之心。格外引人注意的是一把英吉沙刀，有着锋利的刃口，繁复的纹饰，距今已有400年生产历史，听闻极受新疆少数民族的喜爱。

在巴扎里的各种特产和饮品中穿梭太久，不免需要体力的补充。走进饭店，在烤羊肉的嗞嗞声中放松疲惫的身体，让神经松弛下来。伴随着分解羊肉的声音，一大盘酥脆的羊肉和一碗酥油茶躺在了桌上。眼观羊肉，表皮酥脆，色泽金黄，一粒一粒的小芝麻均匀地分布在上面，更加诱人。在维吾尔语中，烤羊肉称作“喀瓦甫”，这一风味独具的吃法已有约1800年历史，是新疆最负盛名的美食。酥油茶的甘醇流淌在齿间，不由想起了它的起源：酥油茶原本是西藏的饮品，文成公主入藏时难以接受肉奶的饮食，便以半茶半奶作为饮品，这就是酥油茶之初，后经人们对酥油、坚果等物的添加，逐渐变成现在的酥油茶，并随着文化的船只流入新疆，成了美食中的一道盛名风景线。

夜晚8点的钟声响起，映着仍亮的天光，不免让人生出时空错乱之感。自观景台向下望，鳞次栉比的建筑间，皆是面带喜色的游人，熙熙攘攘，人声鼎沸。远处的雪山露出了它的全貌，刀削斧劈的线条明朗而又沉静，云雾系在它的腰间。它如同造物主一般屹立高处，沉默着看这世间花开花落，人们繁衍生息。天穹地阔，新疆之旅才刚刚开始。

二 瑶 池

“瑶池阿母绮窗开，黄竹歌声动地哀。八骏日行三万里，穆王何事不重来。”青山拔萃，绿草如茵，湖面深沉多情，远处一棵又一棵云杉环绕山坡。坐落于昌吉回族自治州境内的瑶池仙境，就是新疆著名的天山天池。传说造父为周穆王制造了八匹良骏拉的马车，速度快过疾风。穆王悦，令造父驾此车出游，于天山天池处遇见了西王母，西王母大摆筵席款之，二人游览盛景，花前月下，留下一段美好的传说。正因如此，天山天池被蒙上了一层神秘的面纱，留给人们种种美好的臆想。

步入雪山，踏上这梦中的神秘疆域，未遂愿望终得实现。西王母的霓裳彩衣化为山峰间缭绕的风云，白玉头冠凝结成峭壁间晶莹的白雪，一切果真如此美好。低矮的小草上压着厚厚的雪，身后的地上留下一串清晰可辨的足迹，前方冰气凛冽，虽此也不足以阻碍探险者急切的脚步。

天山海拔平均5000米，最高峰海拔7000多米，雪才得以终年不化。徒步深入后方见雪山原本面貌，漫山遍野的雪似乎都有了温度。一道高峰斜入天空，峭壁的线条凌厉明朗，稀疏的一片小草顶出岩壁，接受着寒风的呼啸。向上攀登，空气渐渐稀薄，晕眩袭来，不得已只能退却。所幸已经目睹了雪山的巍峨神奇，此行无憾。也许这样的事物本就该留一点距离，保持一点空间吧！

经4小时车程，龙潭碧月的杨柳已在远处随风向我招手。一块块挺拔的山石之间，盛满一湾荡漾的渌水。当手指被凉凉的水包裹起来时，可以感受到碧波流转的活力。水草上沾满的露珠，就是这湾水晶莹的馈赠。水中游鱼宁静地漫游着，时而翩翩地浮上来，吐出一串串水泡。一弯洁白的尾巴薄如蝉翼，深青色的湖水下，显得分外古朴，它的主人似乎有意刻画岑寂的情调，在水中缓缓舞动，时上时下，炫耀着自己的自由。一枚嫣红的花瓣在水面上摇荡，溅起的水花将它一点点濡湿。“桃花羞作无情死，感激东风，吹落娇红”。不知这株烂漫的桃花，是否是千年前王母所栽。可以想象千年前的一个夜晚，月色皎洁，潭面上漂浮着团团浮萍，西王母和周穆王坐在水边，任凭上方的花叶纷纷飘扬，一同畅谈着，欣赏夜晚中的龙潭碧月。

1 小时的步行后，定海神针映入眼帘，这是一棵古榆树。西王母的金簪制服了恶龙，化为榆树，屹立在海拔 1910 米处，镇守此地。苍劲的树干，粗糙的树纹，繁茂的枝叶，裸露的一圈圈年轮，体现出千年来它面对风雨的坚强。站如松，固然是学松的姿态，而更是学松的傲骨，松的浩然之气。这棵榆树，有着它本身的挺拔，还有松树的正气。仅此一棵，保障着天山水坝长久的安宁，任多么大的洪水都不能摧毁它顽强的意志。

海峰晨曦，天山清晨所有的韵意融合一起，就是这四个字。同为天山著名的景观之一，它的美是清丽和微醺，日出和晓风。日出时，徐徐染黄的天空中露出半轮红日，云雾淡去，天山的雪峰挺立，五光十色的湖水蜿蜒其间，云彩变幻，时金时粉，和湖水相映成辉。“晨曦初露景色新”，照人间光芒四射，万物苏醒，所有朦朦胧胧的景物都会露出它的全貌，重新刷上鲜明的色彩，焕发出生机与活力。失去的时候也是一种获得，当失去旧的一天和过往，也意味着将抛下身后不堪的一切，陈旧的伤心，迎接新的征程。在一阵清爽的晨风中唤醒每一个细胞，在湖畔捧起的一把水中洗净身心，是海风晨曦日出时的魅力所在。日出时的人生是少年，少年也应当在日出之时，登上高峰，仰望光芒万丈的太阳。

三 驼铃(上)

切换到风光独具的火烧山，连绵起伏的山丘瞬间吸引了我的目光。这片山脉由烧结岩构成，漫眼望去一片赭红，故此得名火烧山。岩石坚硬而粗糙，摸上去像是经历了风沙侵蚀的砖头。在高处岩石的岩片上有一些洞眼，约有一个桂圆那么大，这些是风留下的痕迹，风在岩石周围长久地穿梭，为了开辟一条自由畅通的风之甬道，就制造出了这些小洞眼。这些雕刻，是自然之力的杰作，人类自以为是地破坏与污染，大自然随手一翻，就会成为人类自食的恶果。

沙漠之壮观，万人向往，沙漠之艰险，万人畏惧。富有经验的探险家们也对沙漠望而生畏，在大漠中生存谈何容易，但粗犷的古尔班通古特沙漠已经发出了它的召唤，毕竟从未有过穿行沙漠的经历，我暗想这将是一次不平常的尝试。

古尔班通古特风景壮丽，黄昏时血红的落日，起风时散开的黄烟，都是这里的标配。蔚蓝的空中风云变幻，柔软的沙丘绵延不绝。此时仿佛已经听见骆驼踩踏沙土的声音，驼铃摇摆正在叮叮，瞥见商客脸上灿烂的笑容。

在沙漠边缘地带的黄沙中艰难前进，清晨开始时的闲情逸致渐渐淡去，一颗一颗硌人的沙砾在脚底来回摩擦，磨着磨着就磨出了韧性与顽强。广阔的沙丘上留下一串跋涉的脚印，这是穿越者永不言弃的信念。沙漠的美其实很难欣赏，它的美很强劲，给人心灵上的震撼。一眼望去，沙漠没有尽头，不得不感叹人类在大自然面前是多么的渺小。脚边干旱的沙中顶出的一棵小草，诠释了拼搏的生命，是什么模样。奋斗的人生才有意义，沙漠中的生物将这个道理演绎到极致。沙丘呈波浪形向前延伸，虽然这是沙漠边缘，但一眼见不到边，很容易产生消极的心理暗示。天大的困难，是为克服心魔，若能拴住自己，方可驾驭生活。

“大漠孤烟直，长河落日圆。”在马蹄嘚嘚声中奏出一阵阵琵琶，在黄烟袅袅中整理随行的树苗枝桠，在浩渺的长空中惊下秋迁的鸿雁……深思之际，又忆起王昭君。千年前的大漠和坚定的她相映成一幅绚烂的画卷，永远被后人所铭记。远嫁时宫娥们的议论，王昭君内心的摇摆，远行时珠帘被风掀起的一角，都是这画卷绚烂的润色。

前方出现了一片黄色树林，是胡杨。见到胡杨，心里就想起它坚韧不拔的品质。它的根盘踞在水源深处，一条条，一根根，牢牢地撑起了生命的地基，它没有形状优美的叶子，一切华而不实的东西对它而言，都是累赘。沙漠中的树习惯了奋斗，挣扎，扎根，汲水，生命中每一分每一秒，它都花在与严酷环境的斗争上。那些为科学和艺术不懈研究、探索的科学家们，又何尝不是一棵棵“胡杨”呢？

此时我的脑海中响起边防军的口号：“一不怕苦，二不怕死。”这口号像一道凌厉的长风，在峡谷间穿梭，传递着军人的血性和意志。加勒万峡谷，有五个身影定格在了反击瞬间。2020 年 6 月 15 日，中国驻疆边防军与侵略边防的印度武装展开搏斗，各种钢管、石块、棍棒形成了枪林弹雨。团长祁发宝奋不顾身，英勇反击，最终头部受重创倒地；营长陈红军和战士陈祥榕用被砸坏的盾牌和木棍保护团长，战斗至生命最后一刻；战士肖思远迎难而上反击印军；战士王焯冉救出战友却牺牲自己。他们在生命筑起的长城前，让印军溃败。多么单薄的身影，却又无限高大；多么微小的力量，却又顽强执着。边防军的意志是钢铁，边防军的信念像格桑，中国领土，不容外人踏足，中国底线，不容外人挑战，中国主权，不容外人打压，中国力量，不容外人小觑！

目前所行走的区域属于沙漠边缘，也就是准噶尔盆地北缘，可以瞭望到远处一片金黄，硕大的花盘小心翼翼地盛接着阳光，修长的花杆顶起这阳光的圣器，如同一幅纯黄的油画直铺到天边。这就是食用类向日葵。新疆向日葵产量庞大，占全国总产量大约七成，是新疆远近闻名产出量高的特产之一。

领略着大自然鬼斧神工的奇特，欣赏着大漠中独有的风景，赞叹着植物们顽强的生命力，感悟着中国军人的坚韧意志，沙漠之行的第一天结束了。

四　驼铃(下)

“大漠沙如雪，燕山月似钩。”虽没有戴着金络脑的骏马，也没有快走的体力，独自漫步在沙漠中，也别有意蕴。越是向前，沙土越是松散，只要用脚一踏，沙土顷刻间打着螺旋飞起，目前所处的地带很有可能属于半固定沙漠，意味着这里很有可能出现危险，因此必须尽快走出去。

正用心思考着走出沙漠的捷径，大漠就开了个危险的玩笑。一切猝不及防，狂风平贴着疾扫而过，所到之处无不黄烟肆虐，草木在风中剧烈挣扎，最终摆脱不了强大的力量，卷入了那漫天的黄沙。我们恐慌过后立刻恢复了冷静，迅速解下腰布，裹住了整个头部。未及掏出凡士林，一阵强风席卷而来，被搡倒在地。很快，增长的沙子盖住了头，脚里也灌满沙，可能会被埋到厚厚的沙层底下。我们一翻身趴在沙堆上，抖掉了绝大部分的沙子，试图寻找庇护所。遇到沙尘暴，不要暴露在风沙之中，否则很有可能被飞行物击中。应系紧头巾，用手护着头匍匐前进，靠在巨大的岩石旁边。在漫天的风沙当中人是根本无法睁开双眼的，只能靠听觉和触感辨明方向。正在庆幸时一个飞行物朝岩背砸来，一声闷响，岩角磕破，我们的心也跟着抖了三抖，却也不敢伸头去看。

在漫长的等待后，沙漠终于回归了平静。尽管沙尘暴已经停止，但风沙飘浮在空气当中，使人无法呼吸。我们心有余悸地从岩石边站起来，拍拍身上的沙土，继续向前。刚没走几步，一阵嘶鸣传了过来，犹豫了许久，好奇心战胜了恐惧，我们握紧前天买的小刀，向声音传来的方向疾奔而去。只见两个一大一小的驼峰，高大的身躯，竟是一只骆驼！它身上盖满沙土，露出来的蹄子上还压着一块石头。正在摇摆之时，看到了它的双眼。

这双眼睛湿漉漉的，棕色的瞳孔泛着求生的欲望。长长的睫毛贴着眼球，一种眼神便将一股强大的力量灌注进心灵。经过 20 分钟的救助后，骆驼迈着略显蹒跚的步伐消失在视野尽头。

有岩石的区域不规则地生长着步行仙人掌。这是一种奇特的植物，靠空气中的养分生活，可以忍受几周没有水的日子。它的根系柔软，缺水时可以随风“走动”，飘到有水的地方。因此在沙漠中顺着其方向，就能找到水源。仙人掌的叶片绿中带紫，锐刺已经蜕变成坚硬的毛，一枝略显纤细的分枝上，害羞地吊着几朵娇嫩的花苞，纷纷含苞欲放，花片间泛着浅浅的金红，为整株仙人掌增添了不少生趣。

视线的尽头出现了一片黄色岩石地带，明显是沙漠和山地的交界区。前方应是卡拉麦里自然保护区，这里有时会有普氏野马出没。普氏野马是世界上唯一现存的野马种类，也就是蒙古马。它们身材高大，脖子上有较为稀疏的黑色鬃毛，马腿长而细，奔跑速度每小时 65 千米，能在高速下连续奔跑 4 小时，属于难得的宝马。据说大宛国的山上有一匹天马，从未下过山，大宛国的国王为使它交配，就将五色母马赶上山去，于是得到了珍贵的汗血宝马，这正是普氏野马的祖先。普氏野马由于数量稀少，堪称“马中熊猫”。现在，全中国的普氏野马基本都分布在新疆，如果有幸，能在接下来的路程中一睹它的全貌。

卡拉麦里自然保护区紧贴沙漠，位于准噶尔盆地的中央，它的边缘处，一大片雪白的花团占据了大半个盆地，疏松的花絮漂浮在空中，这就是新疆棉花。新疆棉花产量号称全国第一，占全国棉花总产量差不多近九成。以往，新疆特殊的地理气候和土质，使培育棉花困难重重，最终棉花种植农们改良了灌溉方法，从雪山上引入雪水灌溉，终于使新疆的棉花产量一跃成为全国第一。

穿越自然保护区，惊心动魄的沙漠之行在铿锵激昂的民族音乐中画上了一个完美的句号，这场勇气与智慧的测验，会是新疆之旅中浓墨重彩的一笔。

五听谷

“那夜的雨也没能留住你/山谷的风它陪着我哭泣/你的驼铃声仿佛还在我耳边响起/告诉我你曾来过这里……”这是一个凄美的爱情故事：一位牧羊人遇到了一个养蜂女，在草原上互助的过程中暗生情愫，谁知养蜂女却在一个寒冷的雨夜离开，带着她的两个孩子到了伊犁。牧羊人在内心一遍遍呼唤，但养蜂女再也没有回来。一曲《可可托海的牧羊人》将这个故事化为雪白羊毛上的一片薰衣草，带着忧伤的淡香。可可托海也因这首歌晕染上一层浪漫的情调。

白桦林，可可托海最诗意的风景线。河湾一畔，枝叶婆娑，枝桠上缀满金色的精灵，片片醉舞的蝴蝶穿空而下，沉静在花草上。四季交替，白桦的颜色千变万化，像是上帝打翻的油彩盘，将这里染得流光溢彩。躺在林中柔软的草地上，看自在飞花，一只蝴蝶在草叶间留步。继续走向里面，才窥见这清幽之地不轻易示人的景色——一溪凉水穿梭在峡谷中，或黄或蓝的植物点缀其间，湍流激起的水花轻轻拍打岩石，一片树叶在水面上荡漾，流水潺潺，飞鸟啾啾，令人心旷神怡。

走到神钟山脚下，仰望山峰，巍峨傲立，山顶直入白云之间，其山坡之陡峭，足称“黄鹤之飞尚不得过，猿猱欲度愁攀援”。山脚额河之水长流不断，迂回萦绕，延伸至峡谷深处。岩壁间倔强的一株株云杉簇拥成团，远望如置身于仙人之境。神钟山似一位高大的巨人，立在蓝天白云和黄土大地之间，站上峰顶，极目远眺，连峰去天不盈尺，枯松倒挂倚绝壁。金黄的白桦林，幽深的峡谷，穿行的河流，奔跑的动物，一切鲜明的色彩一览无余。最有趣的是云景。这里的云景，不同于别处，厚厚的一大片云层，中间疏落有致地点缀着一些缝隙，比起一整块都完整无缺，看上去有趣味得多。偶有白雾朦胧时，高处的云杉若隐若现，只露出一点挺直的树干，云雾淡去，使人无限好奇。

季兰德是从花岗岩裂缝中自然流出的温泉，水质清澈，很多哈萨克族牧民都有节日来这里洗浴的习惯。据说曾有一位哈萨克族老太太有皮肤病，到这里洗浴之后便愈合了。季兰德温泉上游约 100 米处，一条干脆的白练飞流而下，水花四溅，白气纷腾，这就是卡拉卓勒瀑布。瀑底海拔 1459 米，是新疆为数不多的深层瀑布。晶白的水流倾泻而下，几滴水珠似乎有急事，不顾一切地向下俯冲。经历了光速坠落的水流们在坎口休息片刻，又活跃地向下奔去。那些顺流而下却被岩石阻挡的分支，冲刺得更加猛烈，从石头的缝隙间穿过，速度之快，竟形成了一个微瀑布。山林里充斥着一阵阵哗哗声，使人远远就感受到拂面的水汽。离开了瀑布，还听见它的声音在林间回响。

伴着忧郁的歌声，额河水淙淙的水流声，回忆中叮叮的驼铃声，牧羊人在一遍遍回忆中度过了这个无眠之夜。

六 禾 木

9 点，驱车赶往布尔津河堤夜市。美食街热闹非凡，食客们把每一个美食摊都围得水泄不通。各种小贩站在摊旁大声吆喝，宣传着自己的食品。来来往往的行人或骑着马，或牵着骆驼，还有的坐着驴拉的红车，在街道上络绎不绝。走到烧烤摊前，小台上摆放着鸭肠、大面筋、马肉、鸡翅、脆皮凤爪……彼时，摊主正在烤羊肉串，只见他将油倒在铁板上，随着油漫延开来，铁板上溅出许多油花。他熟练地解下橡皮筋，将成捆的羊肉串往油中一浸，“刺啦——”羊肉发出了令人身心愉悦的哔哔声。羊肉烤到八成熟的时候，他抄起烧烤粉均匀地撒在羊肉上，并加了一些孜然粉润色，灰黄的烧烤粉和白色的孜然粉躺在羊肉上，散出扑鼻的香味。在添加波浪形的番茄酱后，羊肉串就炼成了。

站在美食街的甬道当中，只用羊肉串这“一点浩然气”就可以感受到上午的“千里快哉风”。继续向前，一位大妈正在做包子。先将面粉和着牛奶揉成团，再把团分成大小相等的剂子并压平，加入羊肉沫及葱花，最后封口，等待明天的加工。食客们在一旁看着她的双手在面团和馅料中来回穿梭，灵巧地封口、划花纹，而其他包子摊位上的老板娘动作都不如她麻利。在我们的注视下，30 个小包子静静地立在了她的手边。布尔津夜市就是一个汇聚着手艺和味蕾的地方，这里有着人间最浅显的窍门，也有天地间最深奥的真理。多么渺小的东西都有他自己蕴含的道，哪怕是食物。至于道是什么，那也许是随心境变化的不同理解，真正的道，除了心如止水的老子，没有人能够参透。

不知不觉已经上午 10 点，告别了布尔津河堤，向禾木村驶去。全程走盘山公路，一段惊险的车程。盘山公路依山傍水而建，从山区中心延伸隧道，既要保证路程减少又要克服陡坡，S 形、U 形、Y 形、Z 形的路比比皆是，甚至会有一连串的大长坡。其次，盘山公路受山地限制，往往道路狭长而不平，路段只有双向两车道，在山中蜿蜒更是令其路程加长，连老司机都大呼难走。还有一些路段需要翻越到山顶，海拔非常高，路面狭窄，坐在车上就能看到底下的层层公路，真是心惊胆战。开了大约 2 小时，被 188 个弯整得昏昏欲睡。盘山公路常常出现急转弯，稍有不慎，就会撞在拐弯处的岩壁上。在接下来的半个小时中，汽车挣扎在无数的大长坡中，时而向下光速漂移，时而在 S 形的长坡中左转右拐，尔后终于开出盘山公路。

踏上禾木村，身心换上了流云的闲情。路边有些长长的沟渠，原来是坎儿井。坎儿井利用山体坡度修建暗渠，将雨雪天气中流进地下的水或是雪山雪水最终引出地面灌溉农作物，以确保沙漠或干旱地区的水源保障。坎儿井的起源，文献和考古都有限制，至今说法不一。有观点认为坎儿井起源于波斯，也就是现在的伊朗，其依据为坎儿井的名称。坎儿井维吾尔语和波斯语拼写完全相同，但波斯语不是维吾尔语或是突厥语，因此推断坎儿井起源于伊朗。另有说法是吐鲁番的牧人发明的，其赶羊时找不到水源，就在草地上掘井，最终掘出了清泉。牧人在地下修建长沟，使水源长久保持，形成了最早的坎儿井。虽然说法不一，但是坎儿井这一伟大发明的作用给新疆人民带来的利益是值得称赞的。

远处，土瓦人的木屋鳞次栉比地耸立在山上，禾木河流淌在屋旁的洼地中。河中间，一座木桥横跨了人工与自然。身后是规矩的束缚，远方是野性的呼唤，身在交界之处，眼见老木屋上的颜色化为岁月的沧桑，美好的人生就是对面的彼岸。流水淙淙，毫不留恋地向前奔赴，金黄的落叶随风落在肩头，有些东西，早已远去。白桦林依旧，任墙外花开花落，除了赠予骑马少年满地的诗意和系马的树枝，它的心境从未变化。也许它已经悟出兴亡千古繁华梦的道理吧，眼前一切皆是过眼云烟。即便是它本身，也有年年的凋谢。就算明年又长，也不再是之前的那一片叶子。微茫的人间给它的启迪，小而浩瀚：“一花一世界，一叶一菩提。”

漫步在河畔，夕阳下的彩霞如一条烟幕带，色彩素淡，却也足以装饰整片大地。红粉相间的光华凝聚在柳枝的末梢，缤纷的景色像是老电影中回忆的片段。房屋上玫红色的炊烟袅袅升起，充斥在云彩之间。随着落日渐渐沉入山峰怀抱，余晖被上帝收进了木匣，等待明天开启。夜晚的宁静开始弥漫，所有人都进入了一场旖旎的村落之梦。

七 缱 绻

早上，从天山山脉一路向西，抵达高原明珠——赛里木湖。此为爱情之湖：很久以前，山下一片宽阔的草原，一对年轻的哈萨克族夫妇靠牧羊为生。一次，美丽的妻子独自放羊，被外出游猎的草原魔王看见，魔王虽妻妾成群，却欲壑难填，派手下抢走牧羊人妻子。她怒火万丈，坚决不从，策马逃走。当罪恶的爪牙们快要追及，深不可测的湖水避免不了成为妻子最终的归宿。闻讯而来的丈夫当然不能使她孤独，在深邃的潭中，他们终于重逢。潭水的意志汇聚成黑色的触手，愤怒地将草原上一切罪恶吞没。最终隐藏着贞洁爱情的就是如今的赛里木湖，大西洋的暖湿气流最后眷顾的地方，让它得誉“大西洋的最后一滴眼泪”。上天的欣赏让它拥有了蔚蓝的双眼和广阔的草地，大自然一笔一笔雕刻着它的容貌，又为它添上了清爽的夏风吹起的涟漪。

躺在草坪的怀抱中，天际的白云幻化成各种形状，像是用影像一遍遍讲述着凄美的故事。身下的芳草年年都会刷上属于自己的翠色，不管外界纷纷扰扰，它一心一意做着自己的事情。在自然中挣脱一切红尘的名利缰锁，回归本真，用最清澈的眼光打量这个世界，赛里木湖的美，正是在这样的环境下造就的。阳光越来越耀眼了，可水岸边的牛羊还恋恋不舍地徘徊着，久久不愿离去。许是看见了前方更璀璨的光芒，它们才抬脚向前走去。

途经壮观的果子沟大桥，置身在风啸猿啼的山谷之中，烟尘缭绕的群山脚下，花草林木擦肩而过。风的信使将几片花瓣轻轻地安放在车窗上，伴随着醉人的花香一路向前。

薰衣草的花语是纯洁和爱情。它有着细碎的花朵，细长的杆子，将紫色这样一种优雅的颜色赐予它，确实是大自然对美学的体现。新疆薰衣草总产量占全国95%以上，与法国普罗旺斯并称世界薰衣草两大主产地。在国际市场上，新疆的薰衣草也占了很大份额。“解忧公主”薰衣草精油就是新疆薰衣草的结晶，这种精油香味芬芳高雅，持久耐用，甚至在洗完衣服之后还会保持着淡淡的香味，受到广大女性的青睐。薰衣草就像持久的流星，美好灿烂，但不同于流星的，是它以平易近人的姿态走进千家万户。漫步在薰衣草花田中，用身体分开两边的花丛，在它们轻柔的按摩之下缓缓前进，心旷神怡的香风扑面而来，一扫身心的惫懒。薰衣草飘落的花朵踩在脚下，像是一条奢华的深紫地毯。这条地毯陪伴着踏上它的所有人，一直走到花田深处。坐在花田中，任由花叶在身旁拂弄，遥望天际的暮日熔金，灿灿的光辉升华了薰衣草，金色的外衣下还有优雅的紫色。虽如此，那一抹黄昏的惆怅，还是萦绕心头，挥之不去。“青山依旧在，几度夕阳红。白发渔樵江渚上，惯看秋月春风。”杨慎坐于船上，眺望残阳，古时让他深思的黄昏，透过这一首词，穿越千年而来。

告别花田，这场游行在赛里木湖深沉的凝视下、薰衣草淡淡的香氛下欣然而止。

八　追风

虽无法舍弃满天秋色里悠扬的角声，燕脂凝夜紫的塞上，也不忍辞别大漠中如雪的白沙、燕山上如钩的明月，但归期拟定，新疆富有生趣的美景，也只能于此，落下帷幕。绚丽多姿的那拉提草原，将是新疆旅程的最后一站。

怀揣怅惘的心情坐上车，开始瞭望远处相伴七天的雪山。此时的它依然是初见的模样，冷静地凝视着不远处公路上的汽车徐徐行驶，在黄色树林的簇拥下向前奔赴。山上的雪依旧如故，松软地铺在雪山的峭壁之间，为它画上清新的淡妆。在一条分岔路上拐进另一边，雪山就藏到了远方。冥冥之中，感到雪山像是新疆之旅的指引者，在背后观察着一切却不动声色，当旅行者身心俱疲地回头，就能看见当初的执念。风在吹它的叶子，草在结它的种子，不知何时，愁绪已经释然。

那拉提草原的雄风将发丝高高吹起，阵阵洪亮的音乐从游牧民族手中的马头琴里飞出，饱满的葫芦挂在枝头显得丰满有韵，热情的哈萨克族牧人骑着马在草原上驰骋，草原敞开了它的大门。放眼望去，芳草无边无尽，蓝天罩在草原之上，朵朵白云点缀其间，疏落有致，随着风向缓缓移动，立于风月无边的草原，似乎置身在幻想的境界里。

不远处，一位牧人手执套索，骑在马上追逐野马群。一匹棕马身手矫健，在草原上疾驰，蹄间呼呼有风，将领头马远远甩在了身后。一大缕鬃毛紧贴在长长的马颈上，随着身体的跃动摇甩。看到它，所有人都想起了马踏飞燕，有肥瘦均匀的身材，高亢嘹亮的鸣叫，善跑带风的长腿，才能将飞燕踏在脚下。牧人想必也看中了这匹良骏，抛出手中的套索，意图套中棕马。它只属于草原，怎会让人类轻易征服？棕马四蹄一扬，加快了速度，刨起了层层烟尘，牧人也不甘示弱地抽起了马鞭，他的坐骑一声嘶鸣，向前奔去。眼见二者的距离渐渐缩小，牧人不失时机地抛出了套索，想一举成功。棕马早已料到，身子一矮，躲过一劫。它使出最大的本领，一路狂飙，牧人的坐骑哪里赶得上？没过多久，它在牧人不甘的目光中绝尘而去。

“朋友，你想体验一下正宗的草原骑马吗？”不知何时，牧人牵着一匹白马立于跟前。

坐在马上，视角瞬间开阔了许多。随着马行走，身体阵阵晃动，真有周游天下的意味。马蹄在草路上踏出一条小径，原本无处下脚的草丛被拨开——“这世间本没有路，走的人多了，便成了路”。蓝天白云似乎离自己又近了一步，草地离脚的距离高达3尺。“这马速度快，要不来跑一段？”牧人热情地问道。在勇气的加持下，牧人的提议得到了赞同。他把自己的马骑上，拉紧两匹马之间的缰绳，一番跑马时规则的叮嘱后，两匹马撒开腿，在草原上疾驰起来。“嘚嘚，嘚嘚。”马蹄扬起的扬尘在身后聚拢成团，迎面扑来的风使内心激荡起来，响亮的马鸣使人热血沸腾。随着速度的加快，身体开始大幅度颠簸，而这正是骑马的乐趣。马的蹄子扬得越来越高，感到全身心都随着马在草原上飞驰，以至于到了终点还浑然不觉。“好了，就到这儿，下次还想骑就过来哦！”牧人点点头笑着说道，这正是新疆淳朴民风的体现。

时光易逝，正午的太阳分外耀眼。已经到了分别的时候，纵然没有遗憾，可说一句再来总是难免艰难。回首七天来的旅程，增长的见识，体会的情感，赏景时的觉悟，都是新疆之旅带来的收获。如今告别在即，也只能折一枝柳条，放在火车的窗上聊以告慰。回忆着脑海中广阔的草原，也许它也在对着火车呼唤——“芳草明年绿，王孙归不归。”

坐上高铁的座位，回望远处的雪山，光华灿灿，似乎在向这边招手，转眼一瞬，雪山就消失在后方。冥冥之中，似乎还听见了一声雄鹰的长啸。前方，依然有一列火车向雪山的方向驶去，与这一趟渐渐相交，希望在擦肩而过的那一瞬，能将这个时刻，定格在心中。

窗外日光弹指过，席间花影坐前移

今天，我从青岛回到了襄阳，坐在网约车上，看着夜色下窗外虹色的路灯，心中百感交集。一路旅行的见闻自然是好的，但旅人的归途，就不那么诗意了。回家后吃了一碗方便酸辣粉，剩了好多没吃完，洗了澡躺在床上，心心念念着那远在2100多千米外的青岛市黄岛区的施柏阁。

施柏阁如其名，装修颇为精致，香槟色的大堂里有淡淡的香氛，分贝刚刚好的雅致音乐环绕在空气里，音符飘到我茶杯的上方来，使我的水喝起来仿佛都有了些月光味。走廊的地面洁净无尘，映照出我的影子来。乘着电梯来到5楼，推开带着电子屏的房门，一段黄岛之旅就此展开。

入住施柏阁之后，第一天去了黄岛区的城市阳台。在那儿找到一片洁净的海滩，依然响着音乐，是一首从来没听过的钢琴曲，音调明亮，配着海浪的节奏在沙滩上冲刷。一直循环播放，也不觉得腻。这是我平生首次看见海，辽阔与震撼的感觉不多，只是觉得这海很平和，不像在别人的作文里看到的有海鸥盘旋，很有威力似的。

海浪冲上海滩的时候，会冲出海沫，就是盐的那种白色。海浪退回去的时候，脚下的沙子随着水流被带回去，微微下陷，脚跟处下陷得最明显，把脚挪开可以看出凹成了一个小坑。

被海浪冲刷着的那一块沙滩的沙子最洁净，闲得无聊，我掏起一块在脚背上揉搓，经过海水的淘澄，没有丝毫的杂质，细腻柔软，就如同细化了的磨砂膏一样。再次冲掉之后，我的脚背都变亮了。这是大自然的馈赠。令人高兴的是它被我发现了。

海水冲刷过的沙子很容易塑形，用手指可以在上面写出不太清晰但明显的字迹来。每次还没把要写的东西写完，可恶的海浪就冲过来带走了字迹，赶着又写，写到最后一笔时正准备拍照，海浪又卷过来，实在平添了不少生趣。

离别时定然是不舍的。记得临走时前一天的早晨，我和姐姐走到我们酒店的后花园去，阳光很亮，我穿着一件短袖，站在阳光下注视着后花园里的一切。被烈日晒得发烫的石制楼梯从阳台两侧延伸下来，两边都有浓绿的树，在太阳下显得有些斑驳。正中心有一个水池子，大约 30 平方米，里面有一个小小的充气船，波光粼粼。在池子的两侧各有 4 个石像，石像是西方神，似乎是什么天使，拿着螺号吹着，长相略有不同。在他们的背后都挂着金属牌，也晒得闪闪发亮，折射出各种光线。金属牌上是对他们的介绍：某某天使吹响战争号角，某某天使吹响救生灵于洪水的号角，等等。在天使们的旁边是绿树丛，右边丛中包裹着一个亭子，蓝金交加，十分的漂亮，使人联想到梦幻的城堡中喝下午茶的地方。只是亭子似乎很久没有人坐，里面的地面已经生了些许杂草，亭子的轮廓上也有些脱漆，不过是更加与周围的树丛融为一体了，或许这是给城堡中游荡的、有灵性的小动物们准备的吧。

临别的时刻最终到来，离开前，我伫立在施柏阁的门口，望着金碧辉煌的大堂，不愿侧目。

游古隆中

今天，我们一家人去古隆中游玩。罗贯中评价这里说：“山不高而秀雅，水不深而澄清。”因此我对这次游玩十分期待。

进了景区，一个石刻牌坊首先映入了我的眼帘。在它旁边的两根柱子上刻着诗圣杜甫的两句诗：“三顾频烦天下计，两朝开济老臣心。”高度赞扬了诸葛孔明的伟大。

从石刻牌坊走一会儿，就是三顾堂。这里就是“定三分隆中对策”发生的地方。三顾堂中间有刘备、诸葛亮的雕像。只见诸葛亮头戴方巾，手上摇着羽扇，侃侃而谈，他是在向刘备诉说争夺天下的计策吧！刘备身子前倾，听得很专注，脸上露出称赞的表情，嘴半开半合，也许他在说“妙计！妙计！”外面是关羽和张飞的雕像，他们表情焦急，一定是在担心大哥此番求贤能不能成功吧！在他们旁边，有三棵古老的柏树，枝叶墨翠苍劲，好像正在诉说历史的变化。我仔细打量着他们，觉得雕像们表情生动逼真，仿佛我真的回到古代看到了他们似的。直到妈妈催起来，我才恋恋不舍地离开这里，往下一个古迹走去。

从三顾堂继续走，我便来到了武侯祠。这是祭祀诸葛亮的地方，有包括刘备在内的许多三国人物塑像，塑得栩栩如生。

时间过得真快，转眼已经到了回家的时间。我依依不舍地离开了古隆中。这次游玩我看到了很多名胜古迹，对它们的意义有了深刻的理解，诸葛亮虽然“出师未捷身先死”，但他那忠诚的品德永远留在了我的心中。

游米公祠

顺着樊城沿江大道走，在千福码头周围，可以看见一个石刻牌坊的大门，大门上方刻着 3 个有力的大字：米公祠。这是纪念书法家米芾的地方。

从石刻牌坊走进去，就是拜殿了。我兴致勃勃地走进去，一块庞大的石头屏风呈现在我的眼前。屏风又高又长，据其他游客介绍，有 1 米多高，3 米多长，我很感慨。屏风上面是一幅米芾画的山水画，细看居然是很多墨点组成的！这些墨点，有的大，有的小，有的是横着的，有的是竖着的，就像许多小精灵，叫人啧啧称赞。这种米芾和米友仁独创的画风，被后人称为“米氏云山”，是中国山水画史上浓墨重彩的一笔。

在拜殿的正中央，悬挂着米芾的自画像，游客们都在这里祭拜。

从拜殿继续走便是宝晋斋。宝晋斋是米芾的书房，里面有米氏世系石屏，还有苏东坡、黄庭坚等名家的书法作品。我走到米芾的一幅书法作品前细细欣赏，点如高空坠云，横似横扫千军，撇如行云流水，捺似蛟龙摆尾，这笔锋可真是多变呢！

从宝晋斋继续走，我来到了位于三进院落两旁的东西两院。里面的风景非常美丽，有小桥流水，有石头碑刻，还有亭台楼阁。到了这里，我静静地坐在亭中，品赏四周的石刻，觉得仿佛与苏轼、黄庭坚、米芾等大家们进行着艺术的沟通。鸟鸣虫叫充盈在耳，让我流连忘返，不愿离去。

快乐的时光总是如此短暂，回家的时间很快就到了。我只好依依不舍地回了家。这次游玩我观赏到了许多名家的书法作品，感受到了书法的雄奇瑰丽。下次，我一定还会来这“千年书家圣地，南派园林典范”的米公祠！

李家染坊游记

今天是一个难得的晴日，我们一家子心情特好，游兴大发。于是爸爸带着我和妈妈还有姐姐，开着车高高兴兴地往李家染坊景区驶去。

到达景区后，首先映入眼帘的是一大片盛开的樱花树，地上落满了粉色的花瓣。春日里的微风轻柔地拂过枝头，像是母亲温暖的手，花瓣纷纷扬扬，漫天飞舞，极富诗意。我们希望找一个人更少的地方玩，便开着车继续向景区内部驶去。在穿过一条无人的马路后，我们在路边发现了一条有着大片树荫的羊肠小道，于是我们停好车，满怀好奇地向里走去。

嘴里叼着一瓶娃哈哈的我兴致勃勃地打量着四周，

只见路边长着一种特别的植物。说它特别的原因是它的枝干上长着密密麻麻的棕色尖刺，不禁让人望而生畏，但与此同时，这些锐刺中却开着一朵朵漂亮优雅的纯白色小花，像一颗颗晶莹剔透的珍珠，又像一个个纯洁善良的小精灵。我有点想摘一束带回家，但是被尖刺扎了好几下，只好悻悻地作罢。

突然，面前不远处的草丛里传出了窸窸窣窣的声音，叶子也抖动个不停，我一下子停住脚步，屏住呼吸，空气中顿时弥漫着紧张的气氛。过了几秒，草丛里钻出了一只肥肥的母鸡，它悠闲自得地穿过了小路，我顿时松了口气，紧绷的神经松弛了下来，继而脑子里灵光一闪：这只母鸡行动如此缓慢，很容易追上，我要去赶它！说时迟那时快，我顺手捡起一根细长的竹枝，向那母鸡飞奔过去。果不其然，我已经跑了一半它才缓过神来，撒爪就跑，看起来惊慌失措。转眼间我已来到它的面前，挥舞着手中的竹枝，这只鸡拼命地向前跑，翅膀徒劳地拍打着，我哈哈大笑。姐姐阻止了我。

赶鸡过后，我的体力已经透支，累得上气不接下气，一屁股坐在了路边的树荫下。突然我定睛一看，发现周围的竹子边上长了许多的竹笋，我赶紧叫来妈妈和姐姐一起开始采笋活动。大半个小时过去后，我们拎着一袋新鲜又青翠的竹笋开始往回走，最后，带着购买的土鸡蛋往回家的方向驶去。

今天真是又开心、又有趣，还有许多收获的一天！

莫 高 窟

它是坐落在敦煌东南方鸣沙山东麓，由公元366年的一位僧人最初开凿的一个石窟，历经隋唐五代至今几千年的扩建，最终成为拥有735个洞窟的佛教圣地。洞窟里，有壁画，有佛像，有山水流云，有经卷天花，东西方最精华的佛教与人文，在这里得到了最灿烂的绽放，这个伟大的洞窟里有两个伟大的精彩文明。它就是莫高窟。莫高窟是石窟建筑、彩塑、绘画三位一体的综合性艺术。石窟建筑大小不一，大的有200多平方米，小的不足1平方米。从狭窄的甬道进入洞窟，我的全身心都被这文化的瑰宝所震撼。简单地游览完莫高窟后，给我留下比较深刻影响的是这两个洞窟：

第254个洞窟，这里画的是春秋五代的经变。

进入洞窟有许多人字披顶，正中间有一个供台，上面有一身佛祖彩塑，就是交脚弥勒佛像，佛两侧原本有胁侍菩萨二身，现在南侧残存一身，北侧存两身。佛祖上方画着许多小小的飞天。

两侧的墙壁上画着连绵不绝的僧众，画风清纯，颜色以青、白、黄、黑为主，线条粗细分明，着色谨慎。瞧最右边的这一块！右边有一位佛祖，他占的比例略小，头戴道冠，面容严整肃穆，两眼炯炯有神向侧边看去。肤色呈黑褐色，上身半裸，颈上挂着长串佛珠链，佛珠颜色白净无瑕，仿佛珍珠一般。下身裹着褐黄色半裙，用青色丝带为腰带系住半裙。佛祖右侧跪坐着三个人，为首的一个由于年代久远，面容呈青褐色，裹着黄白相间的半裙，他恭敬地和自己的道伴一起听经，还把佛祖周围的丝带绕在肩上以示恭敬。这幅经变画画的是一个故事：难陀是佛陀的弟弟，娶了一个非常美丽的女子为妻，贪恋美色不愿修行。佛陀为了点化他，让他在地狱中历经种种迹象，最终他体会到人生无常，需要放下一切肉身上的执念，于是专心修道，这幅画画的正是他开悟后听佛陀讲经的情形。

第 320 窟主室南壁。这幅壁画由于后期人为的破坏，经变的部分已经无法辨识，所幸经变上方的飞天还完好如初。飞天，又称飞仙，隋唐时期形象达到鼎盛，自五代和宋之后逐渐衰落变得公式化，明清时完全失去原有的艺术生命。此刻我来到的洞窟是盛唐时期的，飞天形象丰腴饱满。左上方有一身歌女，正在演绎“反弹琵琶”，她身上罗带缭绕，两脚各套着两个金环，额心点着一枚红点，两腿作降落状，姿态不胜妖娆。另外几身飞天或手捧香炉，脉脉含笑，或手执拂尘，向上飞起，或头戴金冠，曼舞长袖，真是千姿百态。她们的样貌画得栩栩如生，有那么一瞬间，我简直觉得，她们将从画上款款而下了。

飞天多姿妩媚，经变栩栩如生，莫高窟让我赞叹而敬仰。